史上最強日檢N2文法+單字精選模擬試題

雅典日研所◎企編

短期厚植應考實力

- 分析歸納N2文法句型
- 系統化統整N2單字
- 參考歷年考題，依日檢出題基準及題型進行模擬訓練

每回解答皆針對重點進行復習解釋

在最短期間內厚植應考實力

50音基本發音表

清音

a	ㄚ	i	ㄧ	u	ㄨ	e	ㄝ	o	ㄡ
あ	ア	い	イ	う	ウ	え	エ	お	オ
ka	ㄎㄚ	ki	ㄎㄧ	ku	ㄎㄨ	ke	ㄎㄝ	ko	ㄎㄡ
か	カ	き	キ	く	ク	け	ケ	こ	コ
sa	ㄙㄚ	shi	ㄒ	su	ㄙ	se	ㄙㄝ	so	ㄙㄡ
さ	サ	し	シ	す	ス	せ	セ	そ	ソ
ta	ㄊㄚ	chi	ㄑㄧ	tsu	ㄘ	te	ㄊㄝ	to	ㄊㄡ
た	タ	ち	チ	つ	ツ	て	テ	と	ト
na	ㄋㄚ	ni	ㄋㄧ	nu	ㄋㄨ	ne	ㄋㄝ	no	ㄋㄡ
な	ナ	に	ニ	ぬ	ヌ	ね	ネ	の	ノ
ha	ㄏㄚ	hi	ㄏㄧ	fu	ㄈㄨ	he	ㄏㄝ	ho	ㄏㄡ
は	ハ	ひ	ヒ	ふ	フ	へ	ヘ	ほ	ホ
ma	ㄇㄚ	mi	ㄇㄧ	mu	ㄇㄨ	me	ㄇㄝ	mo	ㄇㄡ
ま	マ	み	ミ	む	ム	め	メ	も	モ
ya	ㄧㄚ			yu	ㄧㄩ			yo	ㄧㄡ
や	ヤ			ゆ	ユ			よ	ヨ
ra	ㄌㄚ	ri	ㄌㄧ	ru	ㄌㄨ	re	ㄌㄝ	ro	ㄌㄡ
ら	ラ	り	リ	る	ル	れ	レ	ろ	ロ
wa	ㄨㄚ			o	ㄡ			n	ㄣ
わ	ワ			を	ヲ			ん	ン

濁音

ga	ㄍㄚ	gi	ㄍㄧ	gu	ㄍㄨ	ge	ㄍㄝ	go	ㄍㄡ
が	ガ	ぎ	ギ	ぐ	グ	げ	ゲ	ご	ゴ
za	ㄗㄚ	ji	ㄐㄧ	zu	ㄗ	ze	ㄗㄝ	zo	ㄗㄡ
ざ	ザ	じ	ジ	ず	ズ	ぜ	ゼ	ぞ	ゾ
da	ㄉㄚ	ji	ㄐㄧ	zu	ㄗ	de	ㄉㄝ	do	ㄉㄡ
だ	ダ	ぢ	ヂ	づ	ヅ	で	デ	ど	ド
ba	ㄅㄚ	bi	ㄅㄧ	bu	ㄅㄨ	be	ㄅㄟ	bo	ㄅㄡ
ば	バ	び	ビ	ぶ	ブ	べ	ベ	ぼ	ボ
pa	ㄆㄚ	pi	ㄆㄧ	pu	ㄆㄨ	pe	ㄆㄝ	po	ㄆㄡ
ぱ	パ	ぴ	ピ	ぷ	プ	ぺ	ペ	ぽ	ポ

拗音

kya	ㄎㄧㄚ	kyu	ㄎㄧㄩ	kyo	ㄎㄧㄡ
きゃ	キャ	きゅ	キュ	きょ	キョ
sha	ㄒㄧㄚ	shu	ㄒㄧㄩ	sho	ㄒㄧㄡ
しゃ	シャ	しゅ	シュ	しょ	ショ
cha	ㄑㄧㄚ	chu	ㄑㄧㄩ	cho	ㄑㄧㄡ
ちゃ	チャ	ちゅ	チュ	ちょ	チョ
nya	ㄋㄧㄚ	nyu	ㄋㄧㄩ	nyo	ㄋㄧㄡ
にゃ	ニャ	にゅ	ニュ	にょ	ニョ
hya	ㄏㄧㄚ	hyu	ㄏㄧㄩ	hyo	ㄏㄧㄡ
ひゃ	ヒャ	ひゅ	ヒュ	ひょ	ヒョ
mya	ㄇㄧㄚ	myu	ㄇㄧㄩ	myo	ㄇㄧㄡ
みゃ	ミャ	みゅ	ミュ	みょ	ミョ
rya	ㄌㄧㄚ	ryu	ㄌㄧㄩ	ryo	ㄌㄧㄡ
りゃ	リャ	りゅ	リュ	りょ	リョ

gya	ㄍㄧㄚ	gyu	ㄍㄧㄩ	gyo	ㄍㄧㄡ
ぎゃ	ギャ	ぎゅ	ギュ	ぎょ	ギョ
ja	ㄐㄧㄚ	ju	ㄐㄧㄩ	jo	ㄐㄧㄡ
じゃ	ジャ	じゅ	ジュ	じょ	ジョ
ja	ㄐㄧㄚ	ju	ㄐㄧㄩ	jo	ㄐㄧㄡ
ぢゃ	ヂャ	づゅ	ヂュ	ぢょ	ヂョ
bya	ㄅㄧㄚ	byu	ㄅㄧㄩ	byo	ㄅㄧㄡ
びゃ	ビャ	びゅ	ビュ	びょ	ビョ
pya	ㄆㄧㄚ	pyu	ㄆㄧㄩ	pyo	ㄆㄧㄡ
ぴゃ	ピャ	ぴゅ	ピュ	ぴょ	ピョ

● | 平假名 | 片假名 |

前言

日本語能力試驗(JLPT)著重的是「活用」，因此出題方向並非單純的文法考試，而是考驗學習者是否能融會貫通運用所學的單字和句型。若不了解題目的文意，那麼是無法在JLPT中拿下高分的。因此，學習者在記文法背單字之外，更重要的是如何將所學應用在靈活的題型中。

爲了增加學習者的實戰經驗，本書依循JLPT所制定之基準及相關概要，以和JLPT類似的考試形式，設計文法及單字的模疑試題，希望學習者在練習之中能熟悉JLPT的出題傾向及作答方式。

除了模擬試題貼近正式考試形式外，本書也在文法模擬試題的解答中，附上文法復習和說明，希望能讓學習者在每次模擬考試中都能確實有所收穫。

期待本書能幫助您掌握出題方向，累積實力，輕鬆應試。

本書使用說明

本書分爲文法模擬試題及文字語彙模擬試題兩大部分，分別對應日本語能力試驗N2的「言語知識（文法）」及「言語知識（文字・語彙）」。建議先參照「題型分析」之章節後再進行模擬試題作答。

N2 文法模擬試題每回包含 3 個部分。第 1 部分是文法形式判斷；第2部分是句子重組；第3部分則是閱讀短文後依文脈填空。作答後，每回皆附解答及詳解，學習者在對完答案後，可以透過解答所附的句型重點解說，復習該回模擬試題的文法。

N2單字模擬試題每回包含6個部分。第1部分是漢字讀音；第2部分是漢字寫法；第3部分是語彙結構；第4部分是文脈判斷；第5部分是類義語；第6部分是語彙用法。試題中的單字皆參考歷屆考古題及N2 範圍，以期爲學習者掌握單字出題傾向。

日本語能力
試驗應試需知

•日本語能力試驗科目簡介

日本語能力試驗的考試內容主要分爲「言語知識」、「読解」、「聽解」3 大項目，其中「言語知識」一項包含了「文字」、「語彙」、「文法」。N1、N2 的測驗科目是「言語知識（文字、語彙、文法）、讀解」及「聽解」共2科目。

至於測驗成績，則是將原始得分等化後所得的分數。N2 的測驗成績分爲「言語知識（文字、語彙、文法）」、「讀解」及「聽解」3個部分，得分範圍分別是「言語知識（文字、語彙、文法）」0~60 分，「讀解」0~60分，「聽解」0~60分，合計總分範圍是0~180分。合格基準則是總分及各科目得分皆需達到合格門檻才能合格。

以下爲N2的測驗科目和計分方式：

測驗科目：

「言語知識(文字、語彙、文法)、讀解」－測驗時間105分鐘

「聽解」－測驗時間50分鐘

計分科目及得分範圍：

「言語知識(文字、語彙、文法)」－0~60分

「讀解」－0~60分

「聽解」－0~60分

總分－0~180分

●「言語知識」題型分析

一、文字、語彙

文字、語彙包含6個部分，分別是漢字讀音、漢字寫法、語彙結構、文脈判斷、類義語及語彙用法，題型分析如下：

題型❶ 漢字讀音➡對漢字語彙的讀音了解程度。

1 最後まで頑張りましたが、決勝戦で<u>敗れました</u>。

1.たおれました　　2.つぶれました
3.やぶれました　　4.おぼれました

題型❷ 漢字寫法➡由平假名推知漢字寫法。此題型對於以漢語爲母語的學習者來說是較易得分的題型。

9 赤いバラは愛の<u>しょうちょう</u>だと言われている。

1.象徵　　2.像徵
3.象微　　4.像微

題型❸ 語彙結構➡以派生詞和複合字爲主，測試考生對語彙結構的知識。

15 アミノ酸は、疲労回復には絶対（　）に必要だと言われている成分です。

1.性　　2.面
3.的　　4.界

題型❹ 文脈判斷➡依題目的文脈選擇適當的語彙。此題型除了測驗對字義的了解外，是否能了解題目的文脈也是測驗重點。

15 データを（　）した結果、このエリアに有害物質があることがわかった。

1.発見　　2.分析
3.検査　　4.実行

題型❺ 類義語➡根據題目中的語彙或說法，選擇可以替換的類義詞或說法。此類題型是測驗學習者的字彙程度及表達方式。

26 彼女は慎重に運転している。

1.適当に　　2.十分注意して
3.急いで　　4.ワクワクして

題型❻ 語彙用法➡測驗語彙在句子裡的用法。主旨在測驗學習者是否能將所學的字彙應用於文句之中。

31 せめて

1. その店のカバンはせめて1万円はするだろう。
2. 今から電車に乗っても、せめて10時には着けない。
3. 東京に行くなら、せめて1週間は滞在したい。
4. 昨日のテストは自信がなかったが、せめて60点は取れた。

二、文法

文法包含3個部分，分別是文法填空、句子重組及閱讀短文後依文脈填空。題型分析如下：

題型❶ 文法填空➡依文句內容選出適合的文法形式。

1 あれこれ悩んだ（　）、アメリカへ留学することに決めた。

1. さきに　　2. まえに
3. すえに　　4. とおりに

題型❷ 句子重組➡測驗是否能正確重組出文義通順的句子。此類題型需先重組句子再選出對應的答案，通常會提供範例如下：

問題例

あそこで＿＿＿＿ ＿＿＿＿ ＿★＿ ＿＿＿＿は田中(たなか)さんです。

1.吸っている　　2.たばこ
3.人　　4.を

回答のしかた

1. 正しい文はこうです。

あそこで＿＿＿＿ ＿＿＿＿ ＿★＿ ＿＿＿＿は
2.たばこ　4.を　1.吸っている　3.人
田中(たなか)さんです。

2. ＿★＿ に入る番号を解答用紙にマークします。

例	❶②③④	(解答用紙)

題型❸ 短文填空➡閱讀一段短文後，選擇適用的文型。

あなたにとって、理想の人生 **18** どんなものでしょうか。

18

1.とは　　2.とも
3.とか　　4.との

各詞類接續
及變化

動詞變化

[動－辞書形]：書く
[動－ます形]：書きます
[動－ない形]：書かない
[動－て形]：書いて
[動－た形]：書いた
[動－可能形]：書ける
[動－ば]：書けば
[動－命令形]：書け
[動－意向形]：書こう
[動－受け身]：書かれる
[動－使役]：書かせる

い形容詞

[い形－〇]：楽し
[い形－く]：楽しく
[い形－い]：楽しい
[い形－ければ]：楽しければ

な形容詞

[な形－〇]：静か
[な形－なら]：静かなら

[な形－な]：静かな
[な形－である]：静かである

名詞

[名]：先生
[名－なら]：先生なら
[名－の]：先生の
[名－である]：先生である

普通形

動詞	書く	書かない
	書いた	書かなかった
い形	楽しい	楽しくない
	楽しかった	楽しくなかった
な形	静かだ	静かではない
	静かだった	静かではなかった
名詞	先生だ	先生ではない
	先生だった	先生ではなかった

名詞修飾型

動詞	書く	書かない
	書いた	書かなかった
い形	楽しい	楽しくない

	楽しかった	楽しくなかった
な形	静かな	静かではない
	静かだった	静かではなかった
名詞	先生の	先生ではない
	先生だった	先生ではなかった

文法模擬試題

第1回

問題1 次の文の（　）に入れるのに最もよいものを、1・2・3・4から一つ選びなさい。

1 Ⓐ「もうだめだよ、私はこの仕事には向いていない。」

Ⓑ「まだ入社したばかりじゃない。なんでそうやってすぐダメ（　）言うの。」

1.でも　　2.から
3.とは　　4.とか

2 彼は10年近い努力した（　）、日本を代表する最高の役者に成長した。

1.からの　　2.すでに
3.すえに　　4.わけだ

3 さんざん（　）あげく、アメリカには行かないことにした。

1.迷い　　2.迷った
3.迷って　　4.迷え

4 自分がやってきたことが上司から完全否定されたら辞める（　）。

1.しかあるまい　　2.わけがない
3.はずがない　　4.ようがない

5 わたしは去年、アメリカから戻って（　）。

1.いらっしゃいました　2.いたしました
3.いただきました　4.まいりました

6 友だちに頼むくらいなら、（　）自分でやったほうがいい。

1.それとも　2.むしろ
3.なにしろ　4.けっして

7 デジタルカメラはいまはずいぶんと普及しているので、誰でも（　）だろう。

1.知るはずがない　2.知った
3.知っている　4.知りたい

8 他のお客様の話を（　）と、私の勤める会社のことを話している。

1.聞くか聞かないか　2.聞くともなく聞いている
3.聞くやいなや　4.聞くとも言える

9 マーケティングとしてあれこれ考えるのも重要ですが、（　）まずは情報を発信しましょう。

1.考えすぎずに　2.考えしだいに
3.考えはじめに　4.考えちゅうに

10 リスクのないことなんて、この世に（　）

1.あるわけにはいかない
2.あるにきまってない
3.あるにはいかない
4.あるわけないじゃない

11 昔は写真に対して芸術性を求めたこともあったが、ある時それが自分自身にとって表面的なもの（　）気付いた。

1.にしかたがない　　2.でしかないことに
3.であるまいし　　4.にしかできない

12 Ⓐ「この俳優、最近よくテレビで見るね。」

Ⓑ「本当。この人を見ない日はない（　）よね。」

1.と言ったところだ
2.と言ってはならない
3.というわけではない
4.と言ってもいいからだ

問題 2　次の文の ＿★＿ に入れる最もよいものを、1・2・3・4から一つ選びなさい。

13 プロ選手＿＿＿　＿＿＿　＿★＿　＿＿＿トレーニングや自己管理は当たり前のことなのだ。

1.以上　　2.で
3.日頃の　　4.ある

14 政府は、今年は経済がよくなると予測していた。＿＿＿　＿＿＿　＿★＿　＿＿＿、12月になった今もあいかわらずよくなっていない。

1.予測に　　2.しかし
3.反して　　4.その

15 娘はおっちょこちょいでよく忘れ物をする。出かけた＿＿＿　＿＿＿　＿★＿　＿＿＿忘れ物を取りに帰ってくる。

1. すぐ　　2. と
3. 思うと　　4. か

16 あしたからはアメリカへ出張するので、今日の仕事を＿＿＿　＿＿＿　＿★＿　＿＿＿帰るわけにはいかない。

1. かけ　　2. やり
3. まま　　4. の

17 この件に関しては、わたしがお客様のご意見＿＿＿　＿＿＿　＿★＿　＿＿＿、来週ご報告いたします。

1. を　　2. うえ
3. で　　4. うかがった

問題3　次の文章を読んで、文章全体の内容を考えて、**18** から **22** の中に入れるもっともよいものを、1・2・3・4から一つ選びなさい。

小学 3 年生の剛くんは、いつもちょっと恥ずかし **18** にこにこしながら教室に入ってきます。

3 年生は 3 桁以上の足し算、引き算から入ります。剛くんは足し算は **19** やるのですが、ほとんど指に頼っていたのでした。分からないとすぐ泣き顔になります。**20** 分かったときの笑顔、それはなんともいえない素敵な笑顔でした。

まずは10 までの計算が指無しでできるようになったらと、おもちゃやカードを使ってゲーム感覚で練習してから、同じことを計算ドリルでやったり、いろいろと工夫しました。

たとえば、40 － 10 もさっとは出てきません。が、「40 円もってお店に行って 10 円の消しゴムを買ったら、お釣りはいくらかな。」と質問した **21** 、すぐ「30 円」と元気に答えてくれました。「じゃ、少し高くなって 15 円だったら」「25 円」。

剛くんだけではありませんでした。この事はしばしば経験することでした。どんなに計算は苦手でもお買い物の問題になると案外答えは早いのです。キロメートル、キログラムではできなくても、同じ数に円を付け代えると答が出るから不思議です。日常生活に **22** 普通に使っていない、馴染みのないものには心が拒絶反応するのでしょうか。

18

1. ように　　2. そうに
3. らしい　　4. みたい

19

1. なんなの　　2. どうしよう
3. どうしよう　　4. どうにか

20

1. 同然に　　2. 当然に
3. 反対に　　4. 正解に

21

1. とたんに　　2. とともに
3. としないか　　4. となると

22

1. 対して　　2. つれて
3. として　　4. おいて

第2回

問題1 次の文の（　）に入れるのに最もよいものを、1・2・3・4から一つ選びなさい。

1 シートベルトを着用していないと、エアバッグの効果が少ない（　）、逆に大きなけがをするおそれがあります。

1. とおりだ　　2. ところで
3. とともに　　4. ばかりか

2 転職を（　）、人生を自分の手に取り戻したい。

1. もとにして　　2. きっかけにして
3. 中心として　　4. ぬきにして

3 彼女は心を（　）美しい歌を歌った。

1. こめて　　2. さして
3. ちがって　　4. むけて

4 試合に（　）甲子園で開会式が行われた。

1. ついでに　　2. かんして
3. こたえて　　4. さきだち

5 メディアの予想（　）、日本代表チームが勝利した。。

1. にくらべて　　2. にしたがって
3. に反して　　4. におけて

6 わたしはあの人のことが嫌いだ。あの人の話し方や態度からして（　）

1.わけにはいかない　2.我慢ならない
3.好ききれない　4.に相違ない

7 この状況が変わらなければ，本社を海外へ（　）だろう。

1.移すばかり　2.移すところではない
3.移さざるをえない　4.移す次第

8 彼女はゲームをやると全く周りが見えない（　）集中する。

1.くらい　2.ようがない
3.ながら　4.ものの

9 新商品を開発できたのは、田中さんの努力があったからに（　）

1.しかたない　2.もかかわらず
3.ほかならない　4.しようがない

10 彼は突然病気で寝た（　）になってしまった。

1.かけ　2.もの
3.はんめん　4.きり

11 わかい彼が父親になるとは（　）。

1.信じかねない　2.信じがたい
3.信じるしかない　4.信じるわけない

12 震度 4 の地震が発生した場合、津波を伴う（　）。

1. おそれがある　　2. 次第がある
3. ものがある　　4. 気味がある

問題2 次の文の ＿★＿ に入れる最もよいものを、1・2・3・4から一つ選びなさい。

13 今朝会議があるから、今日中に仕事を＿＿＿ ＿＿＿ ＿★＿ ＿＿＿。

1. ない　　2. きれ
3. やり　　4. 全部は

14 今は世の中が不景気だから何も＿＿＿ ＿＿＿ ＿＿＿ ＿★＿いる。

1. 決まって　　2. しなければ
3. 落ちるに　　4. 業績が

15 この日本語記事は海外の記事＿＿＿ ＿★＿ ＿＿＿ ＿＿＿思われる。

1. 訳した　　2. ものだと
3. 元に　　4. を

16 これは子供＿＿＿ ＿＿＿ ＿★＿ ＿＿＿楽しめるアニメです。

1. なく　　2. だけ
3. 大人も　　4. では

17 彼は自分が欲しいと思った美術品はどんな手段を使ってでも手に＿＿＿ ＿＿＿ ＿★＿ ＿＿＿らしい。

1. 気が　　　　　　2. 入れない
3. と　　　　　　　4. すまない

問題3 次の文章を読んで、文章全体の内容を考えて、18から22の中に入れるもっともよいものを、1・2・3・4から一つ選びなさい。

星の銀貨

昔、昔、小さい女の子がいました。女の子の両親がなくなってしまいました。すごく貧乏で、住む部屋も寝るところ **18** なかったです。からだに着ている服のほかは、手にもったひとかけらのパンで、それも親切な人からもらったものでした。

しかし、女の子は、とてもいい心の持ち主でした。それでも、こんなにして世の中からまるで見すてられてしまっているので、彼女は、優しい神さまのお力だけを信じて、ひとりぼっち、野原の上を歩いていました。すると、そこへ、貧乏らしい男に出会いました。

「ねえ、何か食べ物をおくれ。おなかがすいて **19** よ。」と、男が言いました。

彼女は、ためらいもなく、その男にパンを渡しました。そして、「どうぞ神さまのおめぐみのありますように。」と、祈ってやって、また歩き出しました。すると、今度は、寒がっている子供が泣きながらやって来て、「頭が寒くて、凍りそうなの。なにかかぶるものちょうだい。」と、言いました。

そこで、女の子は、かぶっていたフードをぬいで、子供に差し出しました。

それから、女の子がまた歩き出すと、今度出てきた子供は、服一枚 **20** 震えていました。そこで、彼女は着ている上着を子供に与えました。それからまた歩き出すと、また別の子供が現れ、彼女にスカートがほしいと言うので、女の子はそれもぬいで、子供にあげました。

そのうち、女の子はある森にたどり着つきました。もう暗くなっていましたが、また、もうひとり子供が出て来て、肌着をねだりました。優しいで心の素直な彼女は、もう真っ暗になっているから、誰にもみられや **21** でしょう。と思って、唯一残された肌着まで脱いで、子供にあげてしまいました。

さて、それまでしてやって、着るものも食べるものも失ってしまいました。彼女がその場に立っていると、やがて、高い空の上から、お星さまがばらばら落ちてきました。しかも、それがまったくの、ちかちかと白銀色(しろぎんいろ)をした銀貨でありました。女の子は、いつのまにか新しい肌着を着ていて、しかもそれは、この上なくしなやかな麻の肌着でありました。彼女の行いを神がほめた **22** でした。

女の子は、銀貨を拾い集めて、それで一生豊かに暮らしました。

グリム兄弟「グリム童話」を元に構成

18

1. と　　2. も
3. で　　4. を

19

1. しようがない　　2. わけがない
3. かなわない　　4. たまらない

20

1. 着つつあり　　2. 着ながら
3. 着ずに　　4. 着ないと

21

1. しない　　2. しよう
3. した　　4. する

22

1. のに　　2. ため
3. 次第　　4. あげく

第3回

問題1 次の文の（　）に入れるのに最も よいものを、1・2・3・4から一つ選びなさい。

1 そんなに毎日甘いものばかり（　）太りるよ。

1. 食べながら　2. 食べていては
3. 食べかけるは　4. 食べがちのは

2 Ⓐ「ご飯はもう（　）。」

Ⓑ「はい、もういただきました。」。

1. 伺いましたか
2. お目にかかりましたか
3. おっしゃいましたか
4. 召し上がりましたか

3 事故の原因が何かは、専門家でない（　）分からないでしょう。

1. ものには　2. ことには
3. ときには　4. からには

4 真面目な彼に（　）そんなうそをつくはずがない。

1. かぎって　2. からして
3. ほど　4. ぬきに

5 激しい議論の（　）、ようやく結論を出した。

1. くせ　2. さえ
3. すえ　4. たび

6 館内全面禁煙の同ホテルであるが、バルコニーに灰皿が用意されている（　）、ここでは吸っていいのだろう。

1. におけて　　2. もとにして
3. おそれがあって　　4. ところをみると

7 マスコミは田中選手の先発出場を予想している。ただし、体調（　）ではベンチもあるだろう。

1. わけ　　2. 次第
3. 一方　　4. 最中

8 1週間以上不眠が続く（　）、病院に行ったほうがいいかもしれない。

1. ようなら　　2. なるなら
3. わけがなくて　　4. うちに

9 Ⓐ「あなたを動物（　）と何ですか。」

Ⓑ「犬だと考えております。犬は主人に褒められるとますます主人のために行動しようとします。私も褒められると嬉しくなって、どんどん頑張ろうと思ってしまいます。」

1. やら　　2. にもとづく
3. に例える　　4. からみる

10 わたしは結婚に（　）貯金を始めた。

1. 沿って　　2. 向けて
3. 反して　　4. かけて

11 先生と出会って（　）、創作の面白さを感じた。

1. くせに　　2. つつあり
3. あまり　　4. はじめて

12 デザートを食べた後の（　）、紅茶が苦く感じる。

1. せいか　　2. くせに
3. 際して　　4. ほど

問題2　次の文の ＿★＿ に入れる最もよいものを、1・2・3・4から一つ選びなさい。

13 彼は日本＿＿　＿＿　＿★＿　＿＿訪れる。

1. に　　2. たびに
3. 母校を　　4. 行く

14 彼女は＿＿　＿★＿　＿＿　＿＿と思う。

1. として　　2. だろう
3. 弁護士　　4. 成功する

15 成長＿＿　＿★＿　＿＿　＿＿変わるかもしれない。

1. 人の　　2. に
3. 目標は　　4. 伴って

16 マイケル・ジャクソンの歌は＿＿　＿＿　＿★＿　＿＿人々から愛された。

1. に　　2. アメリカ人
3. 限らず　　4. 世界中の

17 彼は両親＿＿＿ ＿＿＿ ＿★＿ ＿＿＿名門大学に合格した。

1. 期待　　2. こたえて
3. の　　4. に

問題3 次の文章を読んで、文章全体の内容を考えて、**18**から**22**の中に入れるもっともよいものを、１・２・３・４から一つ選びなさい。

赤沢（あかざわ）

雑木の暗い林を出ると案内者がここが赤沢ですと言った。暑さと疲れとで目のくらみかかった自分は今まで下ばかり見て歩いていた。いったい林の中を通ってるんだか、やぶの中をくぐっているんだかはさっぱり **18** がつかなかった。ただむやみに、岩 **19** の路を登って来たのを知っているである。それが「ここが赤沢です」と言う声を聞くと同時にやれやれ助かったという気になった。そうして首を上げて、今まで自分たちの通っていたのが、しげった雑木の林だったという **20** を意識した。安心すると急に四方のながめが目にはいる **21** なる。目の前には高い山がそびえている。高い山といっても平凡な、高い山ではない。山肌は灰色である。その灰色に縦横のしわがあって、凹んだ所は鼠色の影をひいている。つき出た所ははげしい真夏の日の光で雪が残っているのかと思われる **22** 白く輝いて見える。山の八分がこのあらい灰色の岩であとは黒ずんだ緑でまだらにつつまれている。その緑が縦にMの字の形をしてとぎれとぎれに山膚を縫ったのが、なんとなく荒涼とした思いを起させる。こんな山が屏風をめぐらしたようにつづいた上には光った青空がある。青空には熱と光との暗影をもった、溶けそうな白い雲が銅をみがいたように輝いて、紫がかった鉛色の陰を、山のすぐれて高い頂に這わせている。

芥川龍之介「槍が岳に登った記」を元に構成

18

1. 見当　　2. 目当
3. 当然　　4. 目線

19

1. かなり　　2. 次第
3. ところ　　4. ばかり

20

1. もの　　2. こと
3. とき　　4. いつ

21

1. そうに　　2. ところ
3. ように　　4. ながら

22

1. 反面　　2. どか
3. のに　　4. ほど

第4回

問題1 次の文の（　）に入れるのに最もよいものを、1・2・3・4から一つ選びなさい。

1 さすが本場（　）、料理の味は格別でした。

1.をめぐって　2.からして
3.かのように　4.だけあって

2 いずみ書店は関西（　）展開している。

1.を中心に　2.からして
3.を通じて　4.ばかりか

3 散々考えた（　）その計画をやめた。

1.先立って　2.にさいして
3.あげく　4.のみならず

4 この通りは5年前に（　）にぎやかになった。

1.比べて　2.かわって
3.こたえて　4.加えて

5 あの政治家は週刊誌に（　）謝罪と賠償を要求した。

1.よって　2.とって
3.あたって　4.対して

6 その星は天体望遠鏡（　）見えない。

1.であるほど　2.にくわえて
3.でなければ　4.に沿って

7 安全確認を怠った（　）、死亡事故を引き起こしてしまった。

1.ばかりに　　2.と思ったら
3.わけでもなく　　4.をきっかけにして

8 課長は何事（　）「徹底的に調べる」と言う。

1.に基づいて　　2.を通して
3.につけても　　4.からすれば

9 Ⓐ「昨日買った小説はどうだった。」

Ⓑ「そうですね。面白くない（　）んですが、今ひとつです。」

1.に違いない　　2.ことはない
3.にすぎない　　4.にたまらない

10 田中くんは真面目でセンスもいい。彼のこと（　）きっといい作品ができると思う。

1.にかぎって　　2.にすぎない
3.からといって　　4.だから

11 小さな会場で生演奏を聞かせてもらうのは贅沢（　）だ。

1.というもの　　2.ないこともない
3.しようもない　　4.のみならず

12 プロ選手の彼にスポーツで勝つなんて無理（　）いる。

1.に決まって　　2.にはまって
3.にすぎて　　4.にさいして

問題2 次の文の＿★＿に入れる最もよいものを、1・2・3・4から一つ選びなさい。

13 最近は仕事が＿＿＿ ＿＿＿ ＿★＿ ＿＿＿。

1. どころ
2. 忙しくて
3. じゃない
4. ゴルフ

14 子供がテレビばかり見ていると「勉強しなさい」＿＿＿ ＿＿＿ ＿★＿ ＿＿＿。

1. と
2. いられない
3. 言わず
4. には

15 お金持ちの彼は金が＿＿＿ ＿＿＿ ＿★＿ ＿＿＿。

1. ない
2. が
3. わけ
4. 返せない

16 パーティーが始まった＿★＿ ＿＿＿ ＿＿＿ ＿＿＿入ってきた。

1. ちょうど
2. が
3. ところ
4. 山田さん

17 税務調査というのは、課税当局と納税者の間の法律関係であり、税法など＿＿＿ ＿＿＿ ＿★＿ ＿＿＿調査です。

1. 行われる
2. もと
3. を
4. に

問題3　次の文章を読んで、文章全体の内容を考えて、**18**から**22**の中に入れるもっともよいものを、１・２・３・４から一つ選びなさい。

ブレーメンの音楽隊（おんがくたい）

昔、昔、ある人が、一匹のロバを飼っていました。かつて働き者だったロバは年を取って、仕事ができなくなってしまった。そこで、飼い主から虐待（ぎゃくたい）されるようになった。

ロバは耐えられなくて飼い主の家を逃げ出した。そして、ブレーメンという町に **18** 。音楽隊（おんがくたい）に **19** と考えるからだ。その旅の途中で同じような境遇のイヌ、ネコ、ニワトリに次々に出会い、彼らはロバの提案に賛成し、ブレーメンへ足を進めた。

でもブレーメンは遠くて、一日ではとても行けない。やがて夕方になり、動物たちは森の中で休憩をする事にした。すると、ニワトリは、ふと遠くのほうに灯りのついている家に気づいた。「それじゃ、そこへ行くとしよう。ここの寝心地はよくないから」と、ロバが言い、みんなは灯りのついている家の前まで来た。その家に近づいてみると、中では泥棒たちがごちそうを食べながら金貨を分けている。

そこで動物たちは泥棒を追いはらうには、どうしたらいいだろうかと相談をはじめた。そしていろいろ相談した **20** 、うまい方法が見つかった。窓の所でロバの上にイヌが乗り、イヌの上にネコが乗り、ネコの上にニワトリが乗り、一斉に大声で鳴いたのである。泥棒たちはその声にビックリして飛び上がり、窓に映った動物たちの影を見て、お化けが来たに **21** と思って、逃げ出していった。動物たちは家の中に入って残っていたごちそうを美味しそうに食べて、腹一杯になるとそれぞれ寝心地のいい場所を探して眠りについた。

さて真夜中になって、森に逃げた泥棒たちは帰ってきた。そして1人が様子を見るために真っ暗な家の中に恐る恐る踏み込む。動物たちは家に入ってくる泥棒に襲い掛かった。ロバが蹴とばし、イヌが噛みつき、ネコは引っかき、ニワトリは突っつく。散々な目にあって逃げ帰った泥棒は、本当にお化けに襲われたと思って仲間に報告したので、泥棒たちは二度とこの家に近ぐことをあきらめた。

動物たちはその家がすっかり **22** 、ブレーメンには行かずに音楽を奏でながら仲よく暮らした。

グリム兄弟「グリム童話」を元に構成

18

1. 辿った　　2. 出た
3. 生まれた　　4. 向かった

19

1. 入り　　2. 入ろう
3. 入れ　　4. 入らない

20

1. つつある　　2. しがた
3. とほう　　4. あげく

21

1. わけない　　2. 以上ない
3. ちがいない　　4. しようもない

22

1. 気に入り　　2. 気になり
3. 気が散り　　4. 気をつけ

第5回

問題1 次の文の（　）に入れるのに最もよいものを、１・２・３・４から一つ選びなさい。

1 彼女の話にはどこか納得できない（　）がある。

1. こと　　2. とき
3. ひと　　4. もの

2 あの匂いと甘さですから、絶対にカロリーは高い（　）。

1. にすぎない　　2. に違いない
3. わけがない　　4. にきまらない

3 それでは、本日ご出席いただけない田中先生に（　）、ご家族の方に賞状を受け取っていただきます。

1. 比べて　　2. こたえて
3. 代わって　　4. とって

4 頭痛がして（　）ので、近くの病院に行った。

1. くせに　　2. かねない
3. 次第に　　4. たまらない

5 あのギターリストの演奏は素晴らしかった。さすが芸歴40年（　）。

1. わけにはいかない　2. だけのことはある
3. ところではない　4. に相違ない

6 日本のシンボル（　）富士山でしょう。
1. にしろ　2. のわりに
3. といえば　4. ということ

7 私はこれから出かけないと（　）ので、先に失礼します。
1. しようがない　2. いけない
3. すぎない　4. しかねない

8 コーヒーは日がたつ（　）味が酸っぱくなるそうだ。
1. について　2. につれて
3. に反して　4. において

9 彼らが（　）時には社長は既に出発していた。
1. 着く　2. 着いて
3. 着こう　4. 着いた

10 ネットを（　）ドイツの心理学者と知り合った。
1. うわまって　2. 通して
3. 基づいて　4. したがって

11 この車は国産車の同等クラスとは（　）運転の快適性と装備を備(そな)えていると思います。
1. 比べようもない　2. 比べずにはいられない
3. 比べかねない　4. 比べるわけにはいかない

12 ニュース（　）、今年の夏はあまり暑くならないということです。

1. について　　2. につれて
3. によると　　4. を元にして

問題2　次の文の　★　に入れる最もよいものを、1・2・3・4から一つ選びなさい。

13 今日はご協力ありがとうございます。また次回の大会で______ ______ __★__ ______しています。

1. を　　2. お目に
3. 楽しみに　　4. かかるの

14 新横浜に______ ______ __★__ ______乗り換えたほうが早いですよ。

1. には　　2. 新幹線に
3. 品川駅で　　4. 行く

15 これはベストセラー小説______ __★__ ______ ______作品なんです。

1. 映画化　　2. 基づき
3. された　　4. に

16 復興______ ______ __★__ ______このアルバムを作った。

1. の　　2. 込めて
3. 祈りを　　4. へ

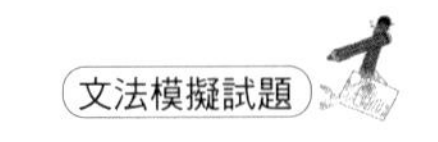

17 私の＿＿＿　＿＿＿　＿★＿　＿＿＿兄は何も罪を犯していなかった。

1. 限り　　2. 知って

3. では　　4. いる

問題3 次の文章を読んで、文章全体の内容を考えて、18から22の中に入れるもっともよいものを、1・2・3・4から一つ選びなさい。

健人くんが教室前にに姿を現した時は、ちょっとびっくりしました。

派手なジャージを着て、髪の毛は金色 **18** 染めた大柄の男の子が、教頭先生と一緒に入ってきたのです。

「田中先生、こちらは湘南小学校から転校してきた工藤君です」

「ああ、そう。いらっしゃい。じゃあ、教室に入っててね」

普段どおり、落ち着いているふりをして応対した **19** 、「困ったな。この子やんちゃそうで大丈夫かな。」と心配しました。でも健人くんは **20** おとなしくて、反抗的な態度 **21** 、ほっとして初日が終りました。しばらくして健人くんはクラス全員と仲良くなって、クラスのリーダー的な存在になりました。

健人くんも友達のことを大事に優しくすることに心掛けました。自習の時間に、「わからない所、教えてあげようか」とか、「しゃべらんと勉強しろよ」とかクラスメイトに言ったり、時には仲間が「健人に意見を聞こう」とか言うのを聞いて、なんとなく健人くんの人間関係を察しました。健人くんの **22** 、クラスもまとまっていて、クラス全員が家族みたいになりました。

初対面の時、外見で偏見を持った自分を恥ずかしいと思いました。思いやりのある優しい子でした。

18

1. で　　2. に
3. へ　　4. は

19

1. ところ　　2. わりに
3. のくせに　　4. ものの

20

1. 案外　　2. 以外
3. びっくり　　4. 驚き

21

1. あって　　2. も当然
3. もなく　　4. ながら

22

1. お世話で　　2. お陰で
3. お辞儀で　　4. お話で

第6回

問題1 次の文の（　）に入れるのに最もよいものを、1・2・3・4から一つ選びなさい。

1 恒例（　）、今日も社長の乾杯の音頭で飲み会が始まった。

1.にとって　　2.について
3.に関して　　4.によって

2 ギリシャを（　）ヨーロッパの財政悪化問題が拡大している。

1.めぐって　　2.はじめ
3.通じて　　4.こめて

3 この地域は学校を（　）たくさんの店が集まっている。

1.中心に　　2.こめて
3.はじめ　　4.通って

4 製品の取り扱いについては、説明書に（　）正しくお使いください。

1.対して　　2.とって
3.したがって　　4.関して

5 このコンテストは男女、年齢（　）、だれでも応募できる。

1. を問わず　　2. ばかりか
3. にしろ　　4. にとどまらず

6 大学時代に出会ったたくさんの仲間は私（　）一生の宝ものだ。

1. によって　　2. に対して
3. にとって　　4. によると

7 電車が遅れた（　）、遅刻してしまった。ごめん。

1. ためか　　2. ものだから
3. だけあって　　4. からして

8 涼しい季節になってきました。朝は寒いので風邪をひかない（　）に気をつけてください。

1. べき　　2. そう
3. ため　　4. よう

9 会議までまだ少し時間があるから、今の（　）にお弁当を買っておいたらどう。

1. まえ　　2. あいだ
3. うち　　4. なか

10 弟は算数が苦手でテストの（　）母に怒られていた。

1. とおりに　　2. たびに
3. ように　　4. そうに

11 わたしがやり方を教えてあげるから、何も心配する（　）はない。

1. もの　　2. ほう
3. そう　　4. こと

12 彼女とは福岡での全国大会で（　）、親しくなりました。

1. 会った以来　　2. 会って以来
3. 会ってうちに　　4. 会ったうちに

問題2 次の文の__★__に入れる最もよいものを、1・2・3・4から一つ選びなさい。

13 私は____ ____ __★__ ____とりにくのほうが好きです。

1. いえば　　2. どちらか
3. 魚より　　4. と

14 弟の部屋の汚い____ ____ __★__ ____ひどいものです。

1. と　　2. いった
3. ら　　4. こと

15 今朝、急に空が____ ____ __★__ ____と、激しい雨が降ってきた。

1. なったか　　2. 暗く
3. と　　4. 思う

16 来週____ ____ ____ __★__忙しくなりそうだ。

1. やら　　2. 会議
3. は出張　　4. やらで

17 お風呂に____ ____ __★__ ____宅配便が届いた。

1. とする　　2. 入ろう
3. に　　4. ところ

問題3 次の文章を読んで、文章全体の内容を考えて、18から22の中に入れるもっともよいものを、1・2・3・4から一つ選びなさい。

子供たちが集まって演劇をするということは、楽しい遊びである 18 、おたがいの勉強であるということを忘れないようにしたい。

楽しい遊びであるからには、思う存分、自分が面白いと思うように、そして、人も面白がるようにやるのがいい。自分だけが面白く、人には 19 面白くないというようなやり方、あるいは、人を面白がらせようとばかりあせって、自分はそのためにかたくなったり、したくないことをしたりするのは、たいへん間違ったやりかたである。

演劇というものは、元々、見せる方と、見る方と互いに力をあわせ、気持ちをそろえて、そこにできあがる美しい全体の空気を楽しむ 20 なのである。

見せる方だけが一生懸命になり、見る方はそれをただ、上手だとか、下手だとか言って、見ているのは、本当に、子供たちの楽しい演劇とは 21 。それは、いろんなよくない結果を生むはじまりである。

演劇がお互いの勉強になるという意味は、演劇にしくまれた「物語」の内容が、なにかしら新しいことを教えるばかりではない。第一に、劇というものは「話し言葉」のもっとも生き生きとした使い方、人間の表情のもっとも正しいあらわし方に **22** 、ひとつの面白い場面がつくりあげられるのだから、演劇を本当に面白いものにするためには、どうしてもみんなが、「話し言葉」の美しさと、表情のけだかさとを身につけ、それを正しく読みとる訓練をしなければならない。

岸田國士「劇の好きな子供たちへ」を元に構成

18

1. と同時に　　2. と代わりに
3. と違って　　4. とついで

19

1. なにより　　2. それより
3. それほど　　4. なるほど

20

1. こと　　2. もの
3. とき　　4. ところ

21

1. 見れない　　2. とれない
3. かなわない　　4. 言えない

22

1. とって　　2. 対して

3. よって　　4. つれて

第7回

問題1 次の文の（　）に入れるのに最もよいものを、1・2・3・4から一つ選びなさい。

1 大学院では日本の経済（　）、研究したいと思っている。

1.につれて　　2.において
3.について　　4.にとって

2 彼女は犯罪心理学（　）非常に興味をもっている。

1.にとって　　2.に対して
3.において　　4.によると

3 今月の給料を全部使い（　）しまった。明日からどうしよう。

1.かけて　　2.つつて
3.きって　　4.つけて

4 わたしが席についた（　）、先生が入ってきた。

1.ところへ　　2.うちに
3.なかに　　4.ばかりを

5 医者の指示（　）きちんと薬を飲んでいるが、なかなかよくならない。

1. ように　　2. べき
3. どおりに　　4. はず

6 いつも健康な（　）、入院が必要と言われたときはショックだった。

1. うちに　　2. だけに
3. なかに　　4. きりに

7 その病気は日々注意しないと再発の（　）。

1. 見込みがない　　2. 見込みがある
3. おそれがある　　4. おそれがない

8 仕事がなかなかうまく行かない。しかし、明日までに完成しなければならないから、今日は残業する（　）。

1. かねない　　2. しかない
3. ようがない　　4. 次第だ

9 彼らと過ごした数年は、私の人生（　）最も幸せな時間だった。

1. につれて　　2. における
3. に反して　　4. について

10 妹は大食いの（　）太らない。

1. かりに　　2. あいに
3. からだ　　4. わりに

11 会社の寮は安い（　）、通勤には遠くて不便だ。

1. あいだに　　2. ところに
3. かわりに　　4. ついてに

12 夕食をごちそうになった（　）、お土産までいただいちゃいました。

1. わりに　　2. うえに
3. ものの　　4. うちに

問題2 次の文の＿★＿に入れる最もよいものを、1・2・3・4から一つ選びなさい。

13 インターネット＿＿＿ ＿＿＿ ＿★＿ ＿＿＿ニュースをただで読める。

1. で　　2. の
3. 世界中の　　4. おかげ

14 採用のお知らせが来て、飛び＿＿＿ ＿＿＿ ＿★＿ ＿＿＿うれしかった。

1. たく　　2. なる
3. くらい　　4. 上がり

15 風呂に入ったあと、浴室＿＿＿ ＿＿＿ ＿★＿ ＿＿＿目の前が真っ暗になって転倒してしまった。

1. に　　2. から
3. とたん　　4. 出た

16 留学先＿＿＿ ＿＿＿ ＿★＿ ＿＿＿兄はまるで人が変わったようになった。

1. きて　　2. から
3. 以来　　4. 帰って

17 わたしは大福の＿＿＿ ＿＿＿ ＿★＿ ＿＿＿じゃありません。

1. 好き　　2. 甘いもの
3. ような　　4. は

問題3 次の文章を読んで、文章全体の内容を考えて、18から22の中に入れるもっともよいものを、1・2・3・4から一つ選びなさい。

昔、コアラのボンくんとカンガルーのボラーちゃんは、とても仲良しでいつも一緒に餌を探しに行った。しかし、ある時、雨が降らないので、木も草も枯れてしまって、動物も生きていられなくなった。幸い、ボンくんとボラーちゃんは水のある穴ぐらを知っていて、その穴のそばで暮らしていた。**18**、やがて穴ぐらにも水がなくなってきた。ボンくんもボラーちゃんも喉が渇きすぎで倒れそうだった。

ふと、ボラーちゃんは昔のことを思い出した。「ずっと前、私がまだお母さんのお腹のポケットに入っていたところ、水がなくなったこともあるんだよ。その時、お母さんは水を探して、乾いた川へ辿り着いた。そこでお母さんがカラカラに乾いた砂を掘り始めた。ずっと **19** 掘っていたら、穴の底から水がにじみ出てきて、私達は水を飲むことができたんだよ。」

すると、二人は、水を探す旅に出て、ようやく川に着いた。ボラーちゃんはすぐ砂を掘り始めたが、ボンくんは何もしなかった。ボラーちゃんがくたくたになってしまって、

「ボンくんもやってくれよ」って頼んだ。ところか、ボンくんは「僕、なんだか気分が悪いんだ」と嘘を **20** 。

ボラーちゃんは仕方なく、一休みしてからまた一人で砂を掘り続けた。そのうちようやく、穴の底に水がにじみ出てきた。ボラーちゃんは急いでボンくんのところへ飛んでいって知らせた。ボラーちゃんの声を聞くと、病気の **21** をしていたボンくんは飛び起きた。そして水たまりに飛んでいって、頭を突っ込んでがぶがぶと飲み始めた。穴の上に、ボンくんのしっぽだけがのぞいていた。

ボラーちゃんはこの状況を見て、自分が騙されたことに気がついてすごく怒った。そして、穴の上に出ているボンくんのしっぽを切ってしまったのだ。

コアラのしっぽが短くなったのはこういう **22** なのだ。

オーストラリアの昔話を元に構成

18

1. ところで　　2. ところが
3. ところへ　　4. ところに

19

1. 諦めたに　　2. 諦めかけに
3. 諦めながら　　4. 諦めずに

20

1. かけた　　2. 入った
3. ついた　　4. 話した

21

1. ふり　　2. くせ
3. すがた　　4. つら

22

1. こと　　2. わけ
3. もの　　4. ところ

第8回

問題1 次の文の（　）に入れるのに最もよいものを、1・2・3・4から一つ選びなさい。

1 授業の（　）大きな地震があって、学生たちはびっくりした。

1. 中間に　　2. 最中に
3. 盛んに　　4. 頂上に

2 体型が似ていた（　）犯人と間違われた。

1. ながら　　2. つつも
3. ばかりに　　4. っけ

3 最近、年をとった（　）、疲れやすくなりました。

1. せいか　　2. がちか
3. 気味で　　4. 次第か

4 人違いだと分かったときは顔から火が出る（　）恥ずかしかった。

1. すえ　　2. 反面
3. 気味　　4. ほど

5 彼の病気がよくなる（　）神に祈っている。

1. っぽい　　2. ように
3. らしい　　4. そうだ

6 近くに工場ができたため、空気は汚く（　）一方だ。

1.なろう　　2.なった
3.なる　　4.なりそう

7 ジムに通う（　）、毎日ジョギングすることにした。

1.かわりに　　2.とおりに
3.かたちに　　4.ところに

8 このビール、さすが本場（　）あって、味は最高でした。

1.きり　　2.だけ
3.から　　4.ばかり

9 パソコンの（　）論文を読む手間が大いに省けた。

1.くせに　　2.おかげで
3.うえで　　4.ために

10 このレポートは説明が長い（　）誤字も多いので、何か言いたいのかよくわからない。

1.わりに　　2.ときに
3.ものの　　4.うえに

11 わたしもいつか、こんな高級車を買える（　）のお金持ちになりたい。

1.らしい　　2.ことに
3.くらい　　4.かぎり

12 席に（　）とたんに携帯が鳴った。

1.つくろう　　2.ついた

3.つくか　　4.つく

問題 2 次の文の ＿★＿ に入れる最もよいものを、1・2・3・4から一つ選びなさい。

13 小さい頃はよく学校の先生にえんぴつや消しゴム＿＿＿ ＿＿＿ ＿★＿ ＿＿＿。

1. もらった　　2. もの
3. でした　　4. を

14 私立大学の学費が高いので、たくさんの学生がアルバイト＿＿＿ ＿＿＿ ＿＿＿ ＿★＿です。

1. わけ　　2. を
3. いる　　4. して

15 何か新しいことを始めるのは年齢＿＿＿ ＿＿＿ ＿★＿ ＿＿＿なっていくと思う。

1. 難しく　　2. 重ねる
3. ほど　　4. を

16 銀行＿＿＿ ＿＿＿ ＿★＿ ＿＿＿、コンビニに寄ってたばこを買ってきてくれませんか。

1. へ　　2. ついで
3. に　　4. 行く

17 昨日公園へサッカーをしに行った＿＿＿ ＿＿＿ ＿★＿ ＿＿＿大変っ困った。

1. に　　2. ところ、
3. 降られて　　4. 雨

問題3 次の文章を読んで、文章全体の内容を考えて、**18**から**22**の中に入れるもっともよいものを、１・２・３・４から一つ選びなさい。

いつかある大手新聞社の工場を **18** に行って、あの高速度輪転機（こうそくどりんてんき）の前面を滝のように流れ落ちる新聞紙の帯（おび）が、截断（さいだん）され折り畳まれ積み上げられて行く光景を見ていたとき、なるほど、これではジャーナリズムが世界に氾濫するのも当然だという気が **19** ではいられなかった。あまり感心したために機械油でぬらぬらする階段ですべってころんで白い夏服を **20** にしたことであった。

現代のジャーナリズムは結局やはり近代に **21** 印刷術ならびに交通機関の異常な発達の結果として生まれた特異な現象である。同時に反応的にまたこれらの機関の発達を刺激していることも事実であろうが、とにかく高速度印刷と高速度運搬の可能になった結果 **22** その日の昼ごろまでの出来事を夕刊に、夜中までの事件を朝刊にして、万人の玄関に送り届けるということが可能になった、この事実から、いわゆるジャーナリズムのあらゆる長所と短所が出発するのであろう。

寺田寅彦「ジャーナリズム雑感」を元に構成

18

1. 案内　　2. 受付
3. 見積もり　　4. 見学

19

1. する　　2. しない
3. しよう　　4. しろう

20

1. 言葉無し　　2. 意義無し
3. 台無し　　4. 事件無し

21

1. おける　　2. かける
3. おる　　4. おきる

22

1. とつれて　　2. に対して
3. にとって　　4. として

第9回

問題1 次の文の（ ）に入れるのに最もよいものを、1・2・3・4から一つ選びなさい。

1 あいにく担当の田中が5時頃まで外出しておりますので、（ ）次第ご連絡させていただきますが、よろしいでしょうか。

1.戻る　　2.戻った
3.戻って　　4.戻り

2 床はまぶしい（ ）に磨かれた。

1.より　　2.こと
3.もの　　4.ほど

3 学歴に問題がなくても、実務経験がない（ ）受験できなかった。

1.ところで　　2.ばかりに
3.ものの　　4.きりに

4 会議に遅れたのは渋滞にはまった（ ）だ。

1.最中　　2.一方
3.もと　　4.せい

5 集中して仕事をしている（ ）だから友達の誘いを断った。

1.際　　2.うえ
3.最中　　4.うち

6 日本では、**20**歳まではたばこを吸ってはいけない（　）。

1.としている　　2.ことになっている
3.やしている　　4.をなっている

7 この病気はいったん発病したら、長期間（　）治療を続けなければならない。

1.にかぎって　　2.にあたって
3.において　　4.にわたって

8 こんな天気では、コンサートは中止になるのではある（　）か。

1.もん　　2.だけ
3.まい　　4.きり

9 彼女は帰国子女だから、英語が下手な（　）。

1.わけがない　　2.にすぎない
3.べきではない　　4.にちがいない

10 その服はとても安（　）生地でできていた。

1.っぽい　　2.ほど
3.までの　　4.やらの

11 彼は建築はもちろん医療関係やそのほかの分野（　）かなり知識がある。

1.にわたって　　2.によっても
3.にかけても　　4.におっても

12 たとえ何もなく（　）、やっぱり地元が一番だ。

1. たら　　2. ても
3. なら　　4. のに

問題2 次の文の＿★＿に入れる最もよいものを、1・2・3・4から一つ選びなさい。

13 あなたは全然勉強していないんだから、今年の大学受験に＿＿ ＿＿ ＿★＿ ＿＿よ。

1. に　　2. 失敗する
3. いる　　4. きまって

14 宮古島(みやこじま)の海の美しさ＿＿ ＿＿ ＿＿ ＿★＿でした。

1. ほど　　2. 口で
3. といったら　　4. 言い表せない

15 この島は四方を海に＿＿ ＿＿ ＿★＿ ＿＿魚介類が豊富で、昔から「宝の島」と呼ばれてきた。

1. いる　　2. こと
3. から　　4. 囲まれて

16 彼女は歌手＿＿ ＿＿ ＿★＿ ＿＿親善大使として貧しい子どもたちのために世界中を回っている。

1. 活躍する　　2. で
3. 一方　　4. として

17 その映画は実際に起きた事件＿＿ ＿★＿ ＿＿ ＿＿その内容が衝撃的だったので、上映中に退場する観客も少なくなかったそうだ。

1. 基づいて　　2. 作られて
3. に　　4. おり

問題3 次の文章を読んで、文章全体の内容を考えて [18] から [22] の中に入れるもっともよいものを、1・2・3・4から一つ選びなさい。

社会の各層に民主化の動きが活発になってくると同時に、映画界もようやく長夜の眠りから覚めて――というとまだ体裁がよいが、実は否応なしにたたき起された形で、まだ眠そうな眼をぼんやりと見開きながらあくびばかりくりかえしている状態である。

法律に [18] 著作権を保護し、文化人の生活を擁護することは文化政策の重要なる根幹をなすものであるが、我国の著作権法は極めて不完全なものであり、しかもその不完全なる保証 [19] 、実際においてはしばしば蹂躙されてきた（注）。しかし、既成芸術の場合は不完全 [20] 一応著作権法というものを持っているからまだしもであるが、映画芸術に関するかぎり日本には著作権法もなければ、したがって著作権 [21] ないのである。もっとも役人や法律家にいわせれば、映画の場合も既存の著作権法に準じて判定すればいいというかもしれないが、それは映画というものの本質や形態を無視した空論にすぎない。なぜならば現存の著作権法は新しい文化部門としての映画が登場する以前に制定されたものであり、**22**、立法者はその当時においてかかる新様式の芸術の出現を予想する能力もなく、したがって、いかなる意味でも、この芸術の新品種は勘定にはいっていなかったのである。

次に、既存の著作権法は主としてもっぱら在来の印刷、出版の機能を対象として立案されたことは明白であるが、このような基礎に立つ法令が、はたして映画のごとき異種の文化にまで適用ができるものかどうか、それは一々こまかい例をあげて説明するまでもなく、ただ漠然と出版事業と映画事業との差異を考えてみただけでもおよその見当はつくはずである。

伊丹万作「著作権の問題」を元に構成

注：蹂躙する：悪意を持って打撃を加えること

18

1. とって　　2. いって
3. よって　　4. かって

19

1. さえ　　2. なり
3. から　　4. とも

20

1. だから　　2. けれども
3. にして　　4. ながらも

21

1. が　　2. も
3. は　　4. に

22

1. 通して　　2. そして
3. したがって　　4. 応じて

第10回

問題1 次の文の（　）に入れるのに最もよいものを、1・2・3・4から一つ選びなさい。

1 ニュースによると、7月からまたバス運賃が値上げされる（　）。

1. らしいことだ　　2. らしいものだ
3. というものだ　　4. ということだ

2 この調味料（　）あれば、お店まで食べに行かなくても満足できる。

1. やら　　2. さえ
3. ばかり　　4. しか

3 娘は留学する気（　）なけれ（　）、就職する気（　）ない。全く困ったものだ。

1. も、ど、も　　2. も、が、も
3. も、ば、も　　4. も、し、も

4 急に海外出張が決まって、飛行機の予約（　）、いろいろな手続き（　）でとても忙しかった。

1. たり、たり　　2. ながら、ながら
3. なら、なら　　4. やら、やら

5 これは入社時の必要書類なのですから、提出（　）わけにはいかない。

1. しない　　2. する
3. した　　4. しないで

6 「近ごろの若者は、年寄りと一緒の家で暮らすことがいいことだとは思っていないな。」と彼は悲し（　）に言った。

1. い　　2. く
3. げ　　4. よう

7 花畑の撮影の時に転んで泥（　）になった。

1. そう　　2. まみれ
3. ばかり　　4. ずくめ

8 妻が支えてくれた（　）、わたしの夢が実現できたのです。

1. そばから　　2. なら
3. からこそ　　4. ばっかりに

9 この話はわたしが先生に（　）ときに、改めてご説明いたします。

1. おめしになった　　2. おかけになった
3. ご存知になった　　4. お目にかかった

10 彼と別れることは、私にとって受け入れ（　）ことだった。

1. がたい　　2. ながら
3. ばかり　　4. そうな

11 彼女はピアノをあまり練習しない（　）うまく弾けた。

1. に割って　　2. 割には
3. 案外に　　4. にあたって

12 日本は歴史が長い（　）世界遺産が大変多い。

1. わけあって　　2. だけだから
3. わけばかり　　4. だけあって

問題 2 次の文の ＿★＿ に入れる最もよいものを、1・2・3・4から一つ選びなさい。

13 陸上の短距離は＿＿＿ ＿＿＿ ＿★＿ ＿＿＿と言われる。

1.痩せて　　2.ほど
3.いる　　4.有利だ

14 さんざん＿＿＿ ＿＿＿ ＿★＿ ＿＿＿、新しい競技場はついに完成した。

1.に　　2.した
3.すえ　　4.苦労

15 私が「行かない」と＿＿＿ ＿＿＿ ＿★＿ ＿＿＿その電話は音を立てて切れた。

1.言わないか　　2.うちに
3.言ったか　　4.の

16 この商品は、高齢者＿＿＿ ＿★＿ ＿＿＿ ＿＿＿と宣伝されている。

1.向けて　　2.スマートフォン
3.に　　4.使いやすい

17 今、まさに商店街の存在＿＿＿ ＿＿＿ ＿★＿ ＿＿＿。昼間でも目立つほど人気がなく閑散としています。

1.あります　　2.つつ
3.が　　4.失われ

問題3 次の文章を読んで、文章全体の内容を考えて、18から22の中に入れるもっともよいものを、1・2・3・4から一つ選びなさい。

本を読むということは、大抵の場合には冒険である。それだからまた冒険の魅力がある。教科書や法令の如(ごと)く一読を強いらるるものはわずかであると共に、広告宣伝文以外にその内容の有益を、始から保証してくれるものはなく、実際また各人(かくじん)の今の境涯に、ちょうど適合するかないかは自分でしか **18** 、読んでみなければ結局はそれも確かでない。此頃は人気が本を読ませ、沢山売れるということが一つの指導標になって居るらしいが、これとても我々をそれに近よらせるだけで、いよいよ読もうか読むまいかはやはりめいめいが判断する。その方法が少し無造作に過ぎることは事実である。しかしともかくも **19** は手に取って形を眺め、それから標題を読む。もしくはこの順序を逆にする人もある。そうしてロシア語とかサンスクリットとか、よくよく自分に縁の無い文字で **20** 限り、大よそどんな事が出ているのか見当をつけるために、二三枚をめくって見るぐらいは誰でもする。きれいな絵があったり艶(なま)めかしい会話が目につくと、思わず釣り込まれてもっと読んで見たくなるのとちょうど正反対に、**21** ただ何となく面倒くさそうで、一向に **22** が動かず、いわゆる敬(けい)して遠ざけたくなるコンディションというものもいくつかある。

柳田國男「書物を愛する道」を元に構成

18

1. 決められる　　2. 決める.
3. 決まる　　4. 決められず

19

1. 一斉　　2. 一応
3. 一切　　4. 一向

20

1. 書きながら　　2. 書きつつ
3. 書いてない　　4. 書いておく

21

1. 一方には　　2. 結局には
3. はじめには　　4. 以外には

22

1. 同情心　　2. 親心
3. 向上心　　4. 好奇心

第11回

問題1 次の文の（　）に入れるのに最も よいものを、1・2・3・4から一つ選びなさい。

1 このまま赤字が続くと、債権者に迷惑がかかり、社員も再起のチャンスを遅らせ、健全な経営をも阻害（そがい）（　）。

1.しかたない　　2.しようがない
3.しかねない　　4.するはずもない

2 私の職歴（　）仕事の選択肢は少ないかもしれない。

1.ばかりいって　　2.からいって
3.だけあって　　4.あるこそ

3 私はあの歌手の生歌を聞いて、涙がでる（　）感動した。

1.ことに　　2.かぎり
3.ほど　　4.より

4 今年のスポーツ界の話題（　）何といっても田中選手の活躍でしょう。

1.といえば　　2.というより
3.とおもったら　　4.とすると

5 弱い（　）かっこつけるんじゃないよ。

1. 案外に　　2. だけあって
3. ものだから　　4. くせに

6 どんなに詳しく説明されても、実際にこの目で見ない（　）、何も申し上げられません。

1. ことから　　2. ことには
3. ことなく　　4. こととは

7 課長が教えていただいた方法でやった（　）、うまく出来ました。

1. わけ　　2. もの
3. こと　　4. ところ

8 南国出身の田中さんは、お日様が照っても全然雪が解けないことがなんだか不思議に思えて（　）のだった。

1. ならない　　2. かまわない
3. いけない　　4. すまない

9 兄は何か（　）人のせいにする。本当に最低の人間だ。

1. につれて　　2. にともなって
3. につけて　　4. に反して

10 時間の経つのは早い（　）で、今年も早くも師走になりました。皆様いかがお過ごしでしょうか。

1. わけ　　2. とき
3. もの　　4. こと

11 設計の担当者である（　）、重大な責任を担うことを改めて痛感した。

1. からでは　　2. からには
3. までには　　4. まででは

12 今回の土砂災害（　）、病院の方でも避難が必要な患者の受け入れの体制を整えていっています。

1. につれて　　2. に対して
3. にかけて　　4. にあたって

問題 2　次の文の ★ に入れる最もよいものを、1・2・3・4から一つ選びなさい。

13 課長が自分の非を認めないことに＿＿＿ ＿＿＿ ＿＿＿ ＿★＿。

1. が　　2. 腹
3. たまらない　　4. 立って

14 それなりの時間きちんと＿＿＿ ＿＿＿ ＿★＿ ＿＿＿日中に眠気を感じた。

1. なの　　2. 寝た
3. に　　4. はず

15 小学校の頃、自転車＿＿＿ ＿＿＿ ＿＿＿ ＿★＿、トラックのあおり風を受けて崖から転落した。

1. ところ　　2. 乗って
3. いた　　4. に

16 彼女とは職場が同じで子供も同じ学校に＿＿＿ ＿＿＿ ＿★＿ ＿＿＿親しくなった。

1. から　　2. 通って
3. こと　　4. いる

17 姉が運転＿＿＿ ＿＿＿ ＿★＿ ＿＿＿助手席からの文句が多くてうるさい。

1. ない　　2. に
3. でき　　4. くせ

問題3 次の文章を読んで、文章全体の内容を考えて、**18**から**22**の中に入れるもっともよいものを、1・2・3・4から一つ選びなさい。

日本の温泉

日本の温泉に私の入つたのは、山形縣上の山温泉が最初で、七歳の時である。隣家のT氏の家族に連れられて行つたと覺えているが、會津屋（あいづや）と言う旅館の広い浴槽で **18** まわった嬉しさ。私の少年時代の追憶として、T氏の息子さんとの友情と共に忘れ **19** もののひとつである。當時一歳下の會津屋のN君は今や敏腕の外交官 **20** なつている。伊豆の熱海から伊東、修善寺、湯ヶ島の温泉とまわり歩いたのは、大學時代の修學旅行であり、箱根、鹽原の温泉は中學の生徒を引率して行つたのが **21** である。城の崎の温泉は應擧寺（おうきょでら）を見に行つた時に始めて入り、薩摩指宿（さつまいぶすき）の温泉は石器時代の遺跡を掘りに行つて經驗した。加賀の山中や豐後の別府は、近年ようやく足を踏み入れた。

しかし、私は必しも温泉宿の生活を好まない。衣服を脱いで度々湯に入る興味は私に持てない。ただ旅に疲れた時、そこに温泉が **22** 何よりの事と思うだけである。

濱田耕作「温泉雜記」を元に構成

18

1. 泳ぐ　　2. 泳がない
3. 泳ぎ　　4. 泳いで

19

1. がたい　　2. つつ
3. ながら　　4. きり

20

1. を　　2. が
3. で　　4. と

21

1. 始まる　　2. 始め
3. 始めた　　4. 始ま

22

1. ありながら　　2. あろうか
3. いれば　　4. あれば

第12回

問題1 次の文の（　）に入れるのに最もよいものを、１・２・３・４から一つ選びなさい。

1 彼は新人（　）いつも生意気なことを言う。

1. ものだから	2. のくせに
3. だけあって	4. にも関わらず

2 固定電話が最近では減りつつ（　）と思う。

1. みる	2. いる
3. する	4. ある

3 マフラーを巻いて、手袋をしているというのに寒くて寒くて（　）。

1. たまりかねる	2. ためられない
3. たまらない	4. ためてしまう

4 タバコを吸い始める年齢が早ければ早い（　）健康への影響が大きいという。

1. ほど	2. かぎり
3. より	4. ことに

5 東京都北区って、何かあった（　）。

1. ばかり	2. っけ
3. つつ	4. ながら

6 このポーチは、日本（　）に作られた日本限定商品らしい。

1.向き　2.向く
3.向け　4.向こう

7 イタリア料理と（　）、何といってもパスタですね。

1.いうより　2.すると
3.しては　4.いえば

8 あの有名なレストランに行きたかったんだけど、残念（　）予約がいっぱいで断念した。

1.つつも　2.ばかり
3.くらい　4.ながら

9 仕事の失敗を（　）父の病気が再発してしまった。

1.もとに　2.きっかけに
3.ともに　4.あったて

10 努力した（　）必ず成功するわけではない。しかし、成功した人で努力しなかった人はいない。

1.すぎるといって　2.わけといって
3.からといって　4.ことといって

11 鳥取へ行った（　）鳥取砂丘を見てきた。

1.ついでに　2.とおりに
3.ところに　4.ばかりに

12 国立公園内のダム建設を（　）全国規模の論争が起こった。

1.つうじて　　2.かぎって

3.めぐって　　4.際して

問題 2　次の文の＿★＿に入れる最もよいものを、1・2・3・4から一つ選びなさい。

13 今朝コーヒー＿＿＿　＿＿＿　＿★＿　＿＿＿その後何も食べていない。

1. 飲んだ　　2. きり
3. を　　4. で

14 現在も25億人が十分な水なしで＿＿＿　＿＿＿　＿★＿　＿＿＿先進国では、1人あたり毎日4000リットルもの水を消費している。

1. 一方　　2. 暮らして
3. で　　4. いる

15 彼は緊張＿＿＿　＿★＿　＿＿＿　＿＿＿震え、ギターの弦を弾けなくなった。

1. が　　2. の
3. あまり　　4. 手足

16 父は医者＿＿＿　＿＿＿　＿★＿　＿＿＿、毎日たばこを吸っている。

1. 止められるの　　2. 構わず
3. も　　4. に

17 昨日、あの有名店に行ってきた。味は＿＿＿　＿＿＿　＿★＿　＿＿＿も工夫が施されていて素敵だった。

1. の　　2. 盛りつけ
3. もちろん　　4. こと

問題3 次の文章を読んで、文章全体の内容を考えて、**18**から**22**の中に入れるもっともよいものを、1・2・3・4から一つ選びなさい。

小屋の生活

朝の温度は驚く **18** 低い。毛布をはねて蚊帳から出ると、いきなり作業服をきる。ツャツは寝る時から 4 枚着ている。鍋に米を入れて、目をこすりながら、小川に下りると、焼にはまだ雲がかかっている。米をとぐと、たちまち手が凍え、我慢ができない。糠飯を食うのはありがたくないし、みんなの顔が恐ろしい。他の奴はねぼけ眼から涙を出して、かまどを焚いている。煙は朝の光線を小屋の上に、明らかにうつし出してくる。小屋で、焚木のはねる音を聞いてた奴も、やがて起きて掃除している。やがて飯が吹き出して、実なしの汁が、ぐつぐつ煮え始めると、テーブルの上にシーツがしかれて、一同は朝の光線を浴び **19** うまい飯を食い始める。食い終って、しばしば山の雲を見ながら話にふけっているが、やがて鍋や茶碗を川に投げこんで、各自勝手なことを始める。本を読む奴、スケッチに行く奴、釣りに行く奴、焚木を背負いに行く奴 **20** ある。焼岳(やけだけ)や、霞沢(かすみざわ)、穂高(ほたか)、あるいは宮川(みやがわ)の池(いけ)へ行く時は、握飯をつくって、とびだしてしまう。平常は

10 時ごろになると、誰かが宿屋へじゃがいもか豆腐、ねぎを買い出しに行ってくる。石川はむやみとじゃがいもが好きだ。家では、一日食っているんだ **21** 。その代わり、調味は石川が万事ひき受けている。**22** コックである。昼は御馳走があるからみんなむきで、こげ飯でもなんでも平げてしまう。昼は大抵、日陰の草の上で食うことにした。この小屋へ入ってから、みんな大変無邪気になった。そうして日がむやみとはやく、飛んで行ってしまった。夕食後は、小屋をしめてみんなで温泉に行く。丸木橋を渡って、歌を唱いながら、六百山の夕日を見ながら、穂高にまつわる雲を仰ぎながら行く。湯気にくもるランプの光で、人夫の肉体美を見ながら、一日の疲労を癒やす。

板倉勝宣「山と雪の日記」を元に構成

18

1. のに　　2. ほど
3. 次第　　4. わけ

19

1. ところ　　2. がたい
3. つつある　　4. ながら

20

1. に　　2. を
3. も　　4. へ

21

1. そうだ　　2. ものだ
3. ことだ　　4. ときだ

22

1. なのに　　2. にもかかわらず
3. だから　　4. けれども

第13回

問題1　次の文の（　）に入れるのに最もよいものを、１・２・３・４から一つ選びなさい。

1 前回は私の体調不良により会議を急遽中止（　）状況となりましたことをお詫びいたします。

1. しきれない　　2. すべきだ
3. せざるを得ない　　4. しっこない

2 心の病気になる人が増えているのは、現代社会に問題があるから（　）と思われます。

1. でいられない　　2. にともなわない
3. であたらない　　4. にほかならない

3 友達が仕事で遠い所へ行ってしまった。もちろん寂しいという気持ちもあるけれども、これは（　）ことだと思う。

1. どうするもない　　2. どうしようもない
3. なんでもない　　4. するまでもない

4 うまくいくかどうかは（　）として、常に新しい試みを行ってみたいです。

1. どうしても　　2. ともかく
3. かわりに　　4. もちろん

5 あの陶器が名作な（　）。本物のような偽物にすぎない。

1.ものか　　2.ことか
3.とこか　　4.わけか

6 麺類はラーメン（　）、そばも好きです。

1.に中心として　　2.にともなって
3.にも関わらず　　4.に限らず

7 この機種は使え（　）が、機能の一部が制限されている。

1.ないことになった　　2.ないことはない
3.ることはない　　4.るものはない

8 将来何が起こるかなんて、誰にもわかり（　）。

1.もんか　　2.ったらしい
3.ってない　　4.っこない

9 欠点も弱点もさらけだして暮らしているのが家族（　）と思う。

1.ということだ　　2.というものだ
3.なものだ　　4.なもんか

10 大きな音を立てないと何度注意した（　）。

1.ものか　　2.ほどか
3.ことか　　4.わけか

11 素材は特級品を扱っているわけではないので、これこそ料理人の腕（　）だと思った。実に美味かった。

1. きっかけ　　2. 中心

3. だけ　　4. 次第

12 あの政治家の話にはどこか納得出来ない（　）。

1. ほかならない　　2. ことがある

3. ものがある　　4. わけがある

問題2 次の文の＿★＿に入れる最もよいものを、1・2・3・4から一つ選びなさい。

13 公式サイトにアドレスと電話番号がないんだから＿＿＿ ＿＿＿ ＿★＿ ＿＿＿。

1. 連絡　　2. ない
3. が　　4. しよう

14 それぐらいのことは知ってるよ。＿＿＿ ＿＿＿ ＿＿＿ ＿★＿。

1. 見た　　2. だって
3. ネットで　　4. もん

15 日本国民＿＿＿ ＿★＿ ＿＿＿ ＿＿＿国民のほとんどが環境問題に関心を持っている。

1. 国の　　2. 限らず
3. 世界中の　　4. に

16 私は彼の適当な発言＿＿＿ ＿＿＿ ＿★＿ ＿＿＿。

1. せずに　　2. に
3. いられなかった　　4. 反論

17 私も新人でしたから、新入社員の皆さんの苦労が＿＿＿ ＿＿＿ ＿★＿ ＿＿＿。ですから、困ったことがあったら、いつでも相談してください。

1. ありません　　2. わからない
3. こと　　4. も

問題3 次の文章を読んで、文章全体の内容を考えて、18から22の中に入れるもっともよいものを、1・2・3・4から一つ選びなさい。

この間日本へ立寄ったバートランド・ラッセルが、「今世界中で一番えらい人間はアインシュタインとレニンだ」というような意味の事を誰かに話したそうである。この「えらい」というのがどういう意味のえらいのであるかが聞きたいのであったが、残念 **18** ラッセルの使った原語を聞き洩(も)らした。

なるほど、二人ともに革命家である。ただレニンの仕事はどこまでが成効であるか失敗であるか、おそらくはこれは誰にもよく **19** だろうが、アインシュタインの仕事は少なくも大部分たしかに成効である。これについては世界中の信用のある学者の最大多数が裏書(うらがき)をしている。仕事が科学上の事であるだけにその成果は極めて鮮明であり、**20** それを仕遂げた人の科学者としてのえらさもまたそれだけはっきりしている。

レニンの仕事は科学でないだけに、その人のその仕事の遂行者(すいこうしゃ)としてのえらさは必ずしも目前の成果のみで計量する事ができない。それにもかかわらずレニンのえらさは一般の世人に分りやすい種類のものである。取扱っているものが人間の社会で、使っているものが兵隊や金である。いずれも科学的には訳の分らないものであるが、ただ世人の生活に直接なものであるだけに、事柄が誰にも分りやすいように思われる。

これに **21** アインシュタインの取扱った対象は抽象された時と空間であって、使った道具は数学である。すべてが論理的に明瞭なものであるに **22** 、使っている「国語」が世人に親しくないために、その国語に熟しない人には容易に食い付けない。それで彼の仕事を正当に理解し、彼のえらさを如実に估価こかするには、一通りの数学的素養のある人でもちょっと骨が折れる。

寺田寅彦「アインシュタイン」を元に構成

18

1. ところ　　2. なのに
3. だから　　4. ながら

19

1. 分かる　　2. 分らない
3. 分かり　　4. 分かって

20

1. 対して　　2. ともに
3. したがって　　4. といって

21

1. とって　　2. あって
3. 反して　　4. からいって

22

1. かかわらず　　2. とともに
3. つれ　　4. とって

第14回

問題1 次の文の（　）に入れるのに最もよいものを、１・２・３・４から一つ選びなさい。

1 Ⓐ「またスパゲッティですか。もう三回目ですよ。」

Ⓑ「だって、好きなんだ（　）。」

1. っけ　　2. もん
3. のに　　4. なんて

2 政治家の無責任の発言を聞いて、温厚な先生も怒らず（　）。

1. にとまらなかった　　2. におわらなかった
3. にはいられなかった　　4. にありえなかった

3 ダイエットとは、ただ痩せればいいという（　）。

1. ことだ　　2. ところでもない
3. はずがない　　4. ものではない

4 仕事を頑張ると言った（　）、ずっと頭痛に悩まされ、昨日まで何も出来なかった。

1. ものの　　2. ものなら
3. ものか　　4. ものだから

5 まぁまぁ落ち着きなさい、とにかく話を聞（　）。

1. こうもない　　2. きかねない
3. くべからず　　4. こうじゃないか

6 もし、でき（　）ならば、自分で描いた絵本を出版したいと思っています。

1. きる　　2. さる
3. 得る　　4. おる

7 彼女は大食いで運動しない（　）太らない。

1. 割合で　　2. 割には
3. に割って　　4. 割で

8 アスリートの世界は華々しい（　）、たった1つのケガによって選手の競技人生を大きく左右することさえあります。

1. わけ　　2. 次第
3. 限り　　4. 反面

9 働いた後はよく休む（　）よ。

1. ことだ　　2. ものか
3. ところだ　　4. ばかりだ

10 まことに申し（　）が、貴社との取引条件も多少緩和していただきたく、お願い申し上げる次第でございます。

1. かねません　　2. ざるをえません
3. かねます　　4. きれません

11 悪天候に（　）、入り口までお出迎えの客室業務員のプロの仕事に感心した。

1. もしては　　2. よって
3. もかかわらず　　4. たいして

12 資料室は、多くの研究者や学生に利用されている（　）、一般にも広く公開されている。

1. ばかりで　　2. ところで
3. だけあって　　4. のみならず

問題2 次の文の＿★＿に入れる最もよいものを、1・2・3・4から一つ選びなさい。

13 社長不在＿＿＿　＿＿＿　＿＿＿　＿★＿事故が起きてしまった。

1. 限って　　2. 時
3. の　　4. に

14 財政赤字を減らすには、単に財政削減(ざいせいさくげん)や増税を実施＿＿＿　＿＿＿　＿★＿　＿＿＿ではない。多様な政策手段を機動的に使っていく必要もある。

1. よい　　2. すれば
3. もの　　4. という

15 病気の苦しみは＿＿＿　＿＿＿　＿★＿　＿＿＿絶対に彼の気持ちをわかりっこない。

1. 経験した人　　2. は
3. なくて　　4. で

16 来週の外国為替市場(かわせしじょう)では、首脳会議＿＿＿　＿＿＿　＿★＿　＿＿＿金融市場が動揺するリスクがありそうだ。

1. 結論　　2. の
3. 次第　　4. で

17 相手チームには負けたくない。だが完敗＿＿＿　＿＿＿　＿★＿　＿＿＿。

1. 認め　　2. を
3. 得ない　　4. ざるを

問題3 次の文章を読んで、文章全体の内容を考えて、**18**から**22**の中に入れるもっともよいものを、1・2・3・4から一つ選びなさい。

雛祭り(ひなまつ)は女子のすこやかな成長を祈る節句の年中行事です。ひなあそびとも言います。雛祭りの起源説は複数存在していて、中国から **18** という説もあります。中国では季節の変わり目には災いが起こりやすいと言い伝えられているので、季節が変わるころに川辺で身を清めたり、盃(さかずき)を流したりして厄払いを行っていました。女の子 **19** 家族みんなが健康で災いなく過ごせますようにという意味合いだったようです。もともと日本では和紙で作った人形に災いを託してを川や海へ流して災厄をはらうという習わしがありました。それと、中国から伝わった厄払いの儀式が合わさって、まずは人形を使った行事へと発展していきます。その後、平安時代の貴族の子どものおままごと「紙人形遊び」が流行し、人形は川に流すものではなく、手元に置く飾りものに変わっていきました。

そして雛遊びをしていたのが女の子 **20** 、いつしか女の子の無病息災と、幸せの意味を **21** 雛人形を飾るという習慣に変化していったのです。

雛人形を早く片付けないと「お嫁に行き遅れる」とよく言われています。その理由は、男雛と女雛の結婚式をしている様子を表現していることに関係します。結婚式を「早く片付ける」ということは、娘が早くいい人を見つけてお嫁に行くという意味に **22** 。なので雛人形はすぐに片付けてしまったほうが縁起がいいのです。

18

1.伝わった　　2.伝えた
3.残した　　4.広がった

19

1.のみで　　2.だからといって
3.からあって　　4.だけではなく

20

1.というものの　　2.ということで
3.とのことは　　4.と違って

21

1.入れて　　2.こもって
3.込めて　　4.作って

22

1.通せます　　2.通ります
3.通します　　4.通じます

第15回

問題1　次の文の（　）に入れるのに最もよいものを、１・２・３・４から一つ選びなさい。

1 日本食を好きになって、できる（　）毎日食べたい。

1. ものの　　2. ものなら
3. ものだから　　4. ものとして

2 この会社はここ数年ずっと売上が下がっている。このまま行けば本当に破綻し（　）ね。

1. ざるをえない　　2. すぎない
3. かねる　　4. かねない

3 飲み会は、堅苦しい挨拶（　）で、いきなり「乾杯」から始まった。

1. きり　　2. ぬき
3. とり　　4. かけ

4 今日の試合に負けたら、優勝（　）、表彰台すら無理そうだ。

1. ところか　　2. ぐらい
3. ほど　　4. ものの

5 佐藤くんは小5（　）、ずいぶん背が高いですね。

1. とみえて　　2. とともに
3. にして　　4. につけても

6 相手が何を思っているのか、聞いてみ（　）わからない。

1. ることには　　2. ないことには
3. ざるをえない　　4. た以上のは

7 シェフは若い（　）確かな腕を持つている。

1. ことから　　2. にすれば
3. ものだから　　4. ながら

8 手術をするしない（　）、とりあえずその病院へ行ってみました。

1. はともかく　　2. にもかかわらず
3. はもちろん　　4. はもとより

9 いくら店内をおしゃれ（　）、清潔でなければ意味がないですね。

1. にして　　2. にすれば
3. にしても　　4. にしては

10 予定どおりだ（　）、飛行機は11時に着くはずだ。

1. につけ　　2. とすれば
3. ことから　　4. 一方

11 技術習得を目的（　）、約半年～1年間の集合研修を行います。

1. として　　2. に限って
3. をのぞいて　　4. に向いて

12 これからも初心を忘れる（　）一層の努力を重ねたいと考えております。

1. だけあって　　2. だけなく
3. ものなく　　4. ことなく

問題 2　次の文の＿★＿に入れる最もよいものを、1・2・3・4から一つ選びなさい。

13 この美術館は建物の＿＿＿ ＿＿＿ ＿★＿ ＿＿＿展示は少ない。

1. は　　2. の
3. 大きさ　　4. わりに

14 できうる＿＿＿ ＿＿＿ ＿＿＿ ＿★＿けど、結果が出なかった。

1. の　　2. 尽くした
3. 仕事を　　4. 限り

15 パンケーキを作るときは、ちゃんとかき混ぜ＿＿＿ ＿＿＿ ＿＿＿ ＿★＿よ。

1. し　　2. ないと
3. かねない　　4. 失敗

16 スマホを＿＿＿ ＿＿＿ ＿★＿ ＿＿＿その機能に関しては 1 割も使えていないように思えます。

1. には　　2. ものの
3. 買う　　4. 買った

17 たばこを＿＿＿ ＿＿＿ ＿★＿ ＿＿＿います。しかし、いつかやめるから今はいいかと、つい吸い続けてしまう。

1. と　　2. やめたい
3. 思って　　4. いつか

問題3 次の文章を読んで、文章全体の内容を考えて、**18**から**22**の中に入れるもっともよいものを、1・2・3・4から一つ選びなさい。

大晦日の 12 月 31 日に蕎麦を食べるのが日本の風物詩でもあり、風習になっています。蕎麦は他の麺類 **18** 切れやすいことから「今年一年の災厄を断ち切る」という **19** で、大晦日の晩の年越し前に食べる

年越し蕎麦の起源をさかのぼると、江戸時代には、月の末日に蕎麦を食べる三十日蕎麦（みそかそば）という文化ありました。それが転じて大晦日のみに食べる年越し蕎麦になったと **20** います。

年越し蕎麦に **21** 言い伝えとしては、年を越してから食べることは縁起がよくないとするものや、蕎麦を **22** 来年は金運に恵まれないことになるといったものがあります。

18

1. からの
2. ほどに
3. よりも
4. くらい

19

1. 話　　2. 意味
3. 前提　　4. 概要

20

1. さされて　　2. きかれて
3. いわれて　　4. とられて

21

1. 対する　　2. 反する
3. 接する　　4. 関する

22

1. 残すと　　2. 残して
3. 残した　　4. 残される

第16回

問題1 次の文の（　）に入れるのに最もよいものを、1・2・3・4から一つ選びなさい。

1 海外担当となった（　）、自分で新しい市場を開拓したい。

1. 以下は　　2. 以上は
3. 以後は　　4. 以前は

2 交通カードの再発行が無理だ（　）、新しいのを買うしかありませんね。

1. に反して　　2. はもちろん
3. にしても　　4. としたら

3 さんざん迷った（　）、結局何も買わなかった。

1. つまり　　2. つつに
3. あげく　　4. ついでに

4 彼は大学進学を（　）、上京した。

1. はじめ　　2. 契機に
3. 中心に　　4. もとに

5 高卒で就職が難しい（　）、一生懸命頑張れば、なんらかの仕事には就けるはずです。

1. というより　　2. としたら
3. ところか　　4. といっても

6 私達は鴨川の景色を眺め（　）食事を楽しんだ。

1. つつ　　2. のに
3. づらい　　4. 反面

7 あの焼き肉店は予約（　）入れないそうです。

1. したからでないと　　2. しないとして
3. してからでないと　　4. したといっても

8 田中さん、北海道旅行の（　）お世話になりました。

1. 際して　　2. 際は
3. ところか　　4. ところは

9 銀座はさすがファッションの街で飾りつけ一つ（　）センスがあり品を感じました。

1. とみえて　　2. につけても
3. にしても　　4. とともに

10 父は仕事は（　）、家事も積極的に協力してくれます。

1. おろか　　2. もちろん
3. はとにかく　　4. はともかく

11 良き（　）悪しき（　）いろんな考え方を聞くべきです。そして、自分はどのように思うのかが大切かな。

1. につけ、につけ　　2. とかけ、とかけ
3. にかけ、にかけ　　4. とむけ、とむけ

12 栄養士の指導（　）計画を作成し、生活習慣改善に取り組めるようになった。

1. とあって　　2. のあげく
3. のもとに　　4. ところで

問題2 次の文の＿★＿に入れる最もよいものを、1・2・3・4から一つ選びなさい。

13 インターネットは＿＿＿ ＿＿＿ ＿＿＿ ＿★＿、セキュリティに関するリスクが伴います。

1. ある　2. 便利
3. 反面　4. で

14 このアプリは＿＿＿ ＿＿＿ ＿★＿ ＿＿＿の番組が見れる。

1. のみ　2. 日本
3. 世界中　4. ならず

15 性格の＿＿＿ ＿＿＿ ＿★＿ ＿＿＿、血液型には面白い科学的なネタがいっぱい詰まっています。

1. しても　2. 抜き
3. に　4. 話は

16 近所の大学生がペット＿＿＿ ＿＿＿ ＿★＿ ＿＿＿こっそり猫を飼っています。

1. 禁止　2. 関わらず
3. も　4. に

17 11月＿＿＿ ＿＿＿ ＿★＿ ＿＿＿大雪が降り、近くで撮影しました。

1. は　2. して
3. 珍しい　4. に

問題3 次の文章を読んで、文章全体の内容を考えて、18から22の中に入れるもっともよいものを、1・2・3・4から一つ選びなさい。

劇は、おおぜいの協力 **18** できあがるものである。舞台に立って演技をして見せるものはもとより、装置、効果、照明、衣裳などの受持のために舞台の裏で働くもの、一の劇をしあげるための、費用や時間のやりくりをするもの、劇場全体の秩序、火気、通風、清掃などのことに気をくばるもの、見物を気持よく劇場にみちびき、安心して席につかせ、忘れものや紛失物もなく家にかえす一切の世話をみるもの、劇のすんだあとのいろいろな始末をするもの、など、**19**、みな、劇の仕事のなかにふくまれているのである。

子供といえども、このことを忘れて劇をするというのは、どこかで大きな間違いをおかしていることである。

劇の楽しさ、面白さは、舞台を **20** とし、そのまわりにかもしだされるすべての人の、たがいにおなじ感動をわかちあうよろこびだ、ともいえるのである。

21、見物は、舞台に **22** 人々とおなじように、あるていど、劇を楽しく、面白くすることができる。

それは、見物が、劇を見る立場にいながら、見せる立場の人々をよく理解し、これをげきれいしながら、十分に気をつくし、労をねぎらいながら、つねによき見物であるようにつとめるならば、おのずから、舞台は活気をおび、俗に油がのるという結果になるのである。そして、見物席の、しんけんでなごやかな空気は、それだけでも、見物のめいめいを愉快なすがすがしい気持ちにさせる。

岸田國士「劇の好きな子供たちへ」を元に構成

18

1. に足して　　2. によって
3. に対して　　4. にあって

19

1. としても　　2. それでも
3. いずれも　　4. ながらも

20

1. 例　　2. 中心
3. 経験　　4. 役者

21

1. 一方で　　2. それに反して
3. だけ会って　　4. したがって

22

1. 立つ　　2. 入る
3. 登る　　4. 歩く

第17回

問題1 次の文の（　）に入れるのに最もよいものを、1・2・3・4から一つ選びなさい。

1 議員になった（　）、国民のために、一生懸命働くべきだ。

1. よりは　　2. 上は
3. うちに　　4. きっかけに

2 報道されていることが事実である（　）、事実ではない（　）、彼女の人間性の大きな傷付いてしまいかねない事態になってしまった。

1. にも、にも　　2. として、として
3. につれ、につれ　　4. にせよ、にせよ

3 中古車販売（　）、自信を持ってご提供させて頂いております。

1. にかけては　　2. に対して
3. に向いて　　4. にとって

4 お買い上げ **1000** 円（　）抽選券を **1** 枚差し上げます。

1. に反して　　2. に応じて
3. につれて　　4. につき

5 開会に（　）、会長より開会のあいさつを一言申し上げたいと思います。

1. 際して　　2. 先立ちまして
3. に沿って　　4. につれて

6 彼女は中学生の時にテレビで見たオーディション番組を（　）、自分の歌をみんなに聞いて欲しいという願いから歌手を目指すようになった。

1. きりめに　　2. もとに
3. きっかけに　　4. はじめに

7 市民会館の完成は大幅に遅れているらしい、現状（　）あと**1**か月はかかりそうだ。

1. からすると　　2. まで
3. してには　　4. をはじめ

8 環境のこと以外にも、いろいろおもしろい企画をされている（　）伺いましたが、どんな企画をされているのですか。

1. から　　2. ので
3. との　　4. とか

9 偶数部屋番号の眺めは一応街側だけど、大した街でないため、眺めがいいという（　）ではありません。

1. ため　　2. わけ
3. まま　　4. ほか

10 来週から中間考査が始まります。今週末はその勉強で休み（　）じゃないんだ。

1.ばかり　　2.ながら
3.つもり　　4.どころ

11 バレーをしている方は立ち姿（　）他の人とは違う。

1.からして　　2.からあって
3.だけあって　　4.からこそ

12 仕事を引き受けた（　）最後まで責任を持ってやり抜かなくてはならない。

1.のには　　2.ことには
3.からには　　4.わけには

問題2　次の文の＿★＿に入れる最もよいものを、1・2・3・4から一つ選びなさい。

13 人間にとって、子供に＿＿　＿＿　＿★＿　＿＿が大切なものだ。

1.しろ　　2.にしろ
3.親情　　4.親

14 塩辛いもの食べ過ぎると体によくない＿＿　＿＿　＿★＿　＿＿食べてしまいます。

1.ながら　　2.ついつい
3.と　　4.知り

15 色々なことを＿＿＿　＿＿＿　＿＿＿　＿★＿、自分が何に向いているか、何が得意かということはわからないと思います。

1.みない　　2.こと
3.には　　4.やって

16 新築の一戸建て＿＿＿　＿＿＿　＿★＿　＿＿＿、どこの不動産屋に問合せしておけばいいですか。

1.したら　　2.を
3.と　　4.買いたい

17 実家に＿＿＿　＿＿＿　＿★＿　＿＿＿、かなり家事に追われました。

1.休む　　2.か
3.帰ると　　4.ところ

問題3 次の文章を読んで、文章全体の内容を考えて、**18**から**22**の中に入れるもっともよいものを、１・２・３・４から一つ選びなさい。

省（しょう）エネルギーとは、同じ社会的、経済的効果をより少ないエネルギーで得られるようにすることで、略して省（しょう）エネと言われる **18** も多いです。

エネルギーとは、ものを動かす原動力になるものです。光ったり、熱を出したり、動かしたり、音を出す **19** には、エネルギーが必要です。私たちも「エネルギー」がないと動けません。家の中にも、電気やガス、ガソリン **20** エネルギーで「仕事をしてくれる」ものがたくさんあります。しかし、化石エネルギーやそのもととなる資源には **21** があって、このまま使い続けると、**22** なくなってしまうんです。資源を守るために、一番大切なのは一人ひとりがエネルギーを大切に使うことだと思います。

18

1. もの　　2. こと
3. ところ　　4. わけ

19

1. げんいん　　2. わけ
3. しだい　　4. ため

20

1. ととった　　2. といた
3. といった　　4. とあった

21

1. 限り　　2. 尽り
3. 作り　　4. 当たり

22

1. おもに　　2. すでに
3. いずれ　　4. とくに

第18回

問題1　次の文の（　）に入れるのに最もよいものを、１・２・３・４から一つ選びなさい。

1 本日の入社式（　）、誠に僭越（せんえつ）ではございますが、新入社員一同を代表しましてご挨拶させていただきます。

1. にあって　　2. にあたり
3. にかけて　　4. に応じて

2 必要な商品を必要な人に適切なタイミングで提供できれば高くても売れる（　）です。

1. とき　　2. ため
3. ところ　　4. わけ

3 この町は賑やかな（　）、大型店舗も含め多くのお店が立ち並んでいる。

1. だけに　　2. なのに
3. までに　　4. はずなのに

4 負けず嫌いの吉田選手の（　）、また無理をしてしまわないか少々心配です。

1. ことなのに　　2. ことだったり
3. ことだから　　4. ことだとしても

5 商品のメリット、デメリットの両方をお客様に伝える（　）だ。

1. まま　　2. まい
3. きり　　4. べき

6 現場の状況から判断すると、犯人は複数であるに（　）。

1. 決まりある　　2. 決まりない
3. 相違ない　　4. 次第だ

7 私たちはお互いのプライベートなことも連絡先も何も知らない。ただ職場の同僚に（　）。

1. 限らない　　2. 過ぎない
3. 及んでない　　4. かかわらず

8 当社は日本の中高生（　）の教科書を作成しています。

1. 向け　　2. 向き
3. 向かう　　4. 向く

9 作品を投稿するかする（　）、まだ決めていない。

1. つもりか　　2. ものか
3. まいか　　4. かぎりか

10 同じ条件でも基準に達している人はいるのですから、素直に自分の力不足を認める（　）でしょう。

1. にすぎない　　2. たまらない
3. たまりかねる　　4. よりほかない

11 昨日の同窓会、楽しかった。仲間って本当にいい（　）だね。

1. こと　　2. もの
3. わけ　　4. はず

12 上司の示す方針（　）仕事を進めている。

1. に対して　　2. 向けに
3. に沿って　　4. 次第に

問題2　次の文の＿★＿に入れる最もよいものを、1・2・3・4から一つ選びなさい。

13 田中選手は＿＿＿＿　＿＿＿＿　＿★＿　＿＿＿＿30歳です。

1. と　2. まだ　3. 言っても　4. ベテラン

14 この映画を見るのでしたら、原作を＿＿＿＿　＿＿＿＿　＿★＿　＿＿＿＿おそらくさっぱり分からないと思います。

1. でない　2. から　3. と　4. 読んで

15 根拠は＿＿＿＿　＿＿＿＿　＿＿＿＿　＿★＿占いを信じてしまう。

1. ない　2. つつ　3. 思い　4. と

16 会社を設立＿＿＿＿　＿★＿　＿＿＿＿　＿＿＿＿を教えて下さい。

1. 書類　2. する　3. 必要な　4. 際に

17 彼女は2人の子供の行事やイベント＿＿＿＿　＿＿＿＿　＿★＿　＿＿＿＿参加しながら働いています。

1. なく　2. に　3. こと　4. 欠かす

問題3　次の文章を読んで、文章全体の内容を考えて、**18**から**22**の中に入れるもっともよいものを、1・2・3・4から一つ選びなさい。

日本では、紅葉の季節になると紅葉を見物する行楽、「紅葉狩り」に出かける人が多いです。紅葉狩りは平安時代の貴族の間で **18** 、江戸時代から庶民に広がり定着していきました。本来なら「狩り」はけものを捕まえるという意味ですが、「紅葉狩り」の **19** の「狩り」というのは「草花を眺めること」の意味をさし、平安時代には実際に紅葉した木の枝を手折り（狩り）、手のひらにのせて鑑賞する、という鑑賞方法がありました。

地球の 3 割 **20** が森林ですが、紅葉する落葉樹林がまとまっているのは、東アジアの沿岸部と北アメリカ大陸の東部、ヨーロッパの一部にすぎません。日本は国土のおよそ 7 割が森林で様々な落葉樹が生えており、寒暖の差もあるため、いたるところで美しい紅葉が楽しめます。紅葉や黄葉が色づき始める **21** 、日最低気温 8℃以下が必要です。さらに 5℃以下になると一気に進むとされます。紅葉は **22** ところから始まるから、北から南へ、山の上から下へと紅葉前線が進んでいくのです。

18

1. 初めて　　2. 最初に
3. 先頭に　　4. 始まり

19

1. ところ　　2. 場合
3. もの　　4. こと

20

1. 大概　　2. ながら
3. ほど　　4. にしても

21

1. ので　　2. のに
3. のみ　　4. のだ

22

1. 寒い　　2. 冷たい
3. 暑い　　4. 温かい

第19回

問題1 次の文の（　）に入れるのに最もよいものを、1・2・3・4から一つ選びなさい。

1 彼女はこの1週間ほとんど徹夜だったので疲れている（　）。

1. に決まりない　　2. に限らない
3. にたまらない　　4. に違いない

2 この辺りは学校に近い（　）家賃は高くなる。

1. より　　2. かぎり
3. ほど　　4. ことに

3 根拠なしにこんなことを言われ（　）。

1. たまりうる　　2. てはたまらない
3. ためられない　　4. かまわない

4 彼は演技がうまくて、アイドル（　）俳優としての方が注目されてるんじゃないかと思う。

1. というより　　2. むしろ
3. かえって　　4. というものの

5 買い物に出た（　）散髪してきた。

1. ところに　　2. とおりに
3. ばかりに　　4. ついでに

6 名古屋（　）やはり手羽先と味噌カツですね。

1. とすると　　2. といったら
3. としたら　　4. といけば

7 タブレットの登場などで市場環境が変化しつつ（　）。

1. ある　　2. みる
3. いる　　4. する

8 私、雨女だから、旅行をする（　）天気が悪くなる。

1. の割に　　2. のもとに
3. というと　　4. として

9 スタッフがへとへとになっているのに、彼女は疲れを知らない（　）てきばきと働く。

1. ものの　　2. からのに
3. としたら　　4. かのように

10 逆転もないことはないけど、過去のデータ（　）確率は極めて低い。

1. うえでは　　2. から見ると
3. としても　　4. に対して

11 ピアノをやってない（　）練習中にいちいち口出ししないでほしい。

1. だけあって　　2. ものの
3. くせに　　4. ながら

12 田中さんとは **3** 年前に（　）きりで、それ以来会っていない。

1. 別れる　　2. 別れた
3. 別れ　　4. 別れよう

問題2 次の文の＿★＿に入れる最もよいものを、1・2・3・4から一つ選びなさい。

13 お客様との談笑の中で交わした口約束＿＿＿ ＿＿＿ ＿＿＿ ＿★＿は絶対に守ることを、自ら徹底してきました。

1.約束した　　2.で
3.以上　　4.あっても

14 さんざん＿＿＿ ＿★＿ ＿＿＿ ＿＿＿一番高級な炊飯器を買ってしまいました

1.して　　2.あげく
3.迷った　　4.奮発

15 彼女は結婚＿＿＿ ＿＿＿ ＿★＿ ＿＿＿を辞めた。

1.仕事　　2.として
3.きっかけ　　4.を

16 この伝えの真偽＿＿＿ ＿＿＿ ＿★＿ ＿＿＿、多くの人がこの景色を見ると心が癒されると言うことは事実であると思います。

1.と　　2.ともかく
3.して　　4.は

17 わからないことばかりで先輩方の指導＿＿＿ ＿★＿ ＿＿＿ ＿＿＿行っています。

1.を　　2.の
3.仕事　　4.もとで

問題3 次の文章を読んで、文章全体の内容を考えて、**18**から**22**の中に入れるもっともよいものを、1・2・3・4から一つ選びなさい。

ハロウィンとは、毎年10月31日に **18** 、古代ケルト人が起源と考えられている祭りのことです。古代ケルトでは10月31日が大晦日にあたり、この夜は死者の霊が家族を訪ねてくると信じられていました。やがてケルト人が自然崇拝からカトリックへと改宗する過程でケルトの収穫祭に合わせてカトリック教会が諸聖人の日を11月1日「万聖節」に設定しました。その前の日に悪霊を追い出す祭が始まりました。しかし、その祭を子どもたちが **19** ので、ヨーロッパからアメリカに移住した人々が子どもも楽しめる行事にアレンジし、現代では民間行事 **20** 定着し、祝祭本来の宗教的な意味合いはほとんどなくなっています。いまは、カボチャの中身をくりぬいて「ジャック・オー・ランタン」(かぼちゃのおばけのランプ)を作って飾ったり、子どもたちが仮装して近くの家々を訪れてお菓子をもらったりする風習などがあります。日本でも1970年代からハロウィンが広く行われる **21** なってきました。クリスマスなどと同様に、日本で行われるハロウィンの催しには宗教的色彩は **22** 薄いです。

18

1. 行い　　2. 行われ
3. 行かれ　　4. 行き

19

1. 怖がる　　2. 楽しむ
3. 欲しがる　　4. 強がる

20

1. だけあって　　2. とって
3. として　　4. 反して

21

1. そうに　　2. だけに
3. ように　　4. 一方に

22

1. とり　　2. よって
3. とも　　4. より

第20回

問題1 次の文の（　）に入れるのに最もよいものを、１・２・３・４から一つ選びなさい。

1 入院（　）、保険証の確認ができない場合は、入院費が全額自己負担となる場合がございます。

1. に際して　　2. に先立って
3. に沿って　　4. につれて

2 カニや貝類などは新鮮な（　）おいしい。

1. より　　2. ほど
3. かぎり　　4. ものに

3 私たちは先生がいなくてとても寂しくて（　）。

1. すまない　　2. いけない
3. かまわない　　4. たまらない

4 大学生（　）未成年が誕生日に酒はなしです。

1. だからといって　　2. ながらといって
3. さえなって　　4. として

5 どの機種がいいかというのは、実際に使ってみない（　）分からない。

1. ことで　　2. ことから
3. ことには　　4. ことまで

6 娘が習い事をやめたいって言ってるのですけど、何でもすぐ辞めていいと認めるのは教育（　）に良くないと思うので、悩んでいます。

1. 前　　2. 上
3. 中　　4. 下

7 過去の対戦成績（　）、彼は十分な勝算ありです。

1. をすると　　2. を見ていると
3. に対して　　4. からいって

8 今朝、部長の自宅に電話をした（　）留守だった。

1. すえ　　2. わけ
3. ところ　　4. こと

9 慎重に検討（　）、創刊を断念せざるをえなくなった。

1. の末に　　2. のきりに
3. をこめて　　4. をはじめ

10 江ノ島は島の形が漢字の「江」の字に似ている（　）「江之島」と呼ばれるようになった。

1. ことに　　2. ものあって
3. ものなので　　4. ことから

11 会社の上層部は新しいプロジェクト（　）、議論が盛り上がっている。

1. にかけて　　2. をめぐって
3. につれて　　4. として

12 彼の始めた事業にできる（　）協力したいと思う。

1. ばかり　　2. より
3. かぎり　　4. そう

問題2　次の文の ★ に入れる最もよいものを、1・2・3・4から一つ選びなさい。

13 被災地の惨状を見るにつけ聞くにつけ、津波の恐ろしさを痛感 ★ ＿＿ ＿＿ ＿＿。

1. せず　　2. ない
3. いられ　　4. には

14 いつもご愛読いただきましてありがとうございます。海外出張 ★ ＿＿ ＿＿ ＿＿お休みします。

1. ブログ　　2. に
3. は　　4. つき

15 外国人観光客＿＿ ★ ＿＿ ＿＿目玉の乏しい地味な所のようです。

1. この町　　2. は
3. に　　4. すれば

16 来週のオープン＿＿ ★ ＿＿ ＿＿店内をご紹介させていただきます。

1. 早く　　2. 先立って
3. 一足　　4. に

17 アプリを＿＿＿ ＿＿＿ ＿★＿ ＿＿＿欲しい機能やユーザーに求められそうな機能を箇条書きにしておきました。

1. に　　2. あたって
3. する　　4. 開発

問題3 **次の文章を読んで、文章全体の内容を考えて、18から22の中に入れるもっともよいものを、1・2・3・4から一つ選びなさい。**

地球上にはたくさんの微生物がいますが、私たちにとって有益な微生物の一つが乳酸菌（にゅうさんきん）です。乳酸菌はある一種類の微生物を指すのではなく、生育に必要なエネルギーを得るために、ブドウ糖や乳糖を分解して乳酸を作り出す微生物のことを指します。作り出された乳酸 **18** 、酸味の強い風味になり保存性が高まります。乳酸菌と乳酸発酵食品は、ずっと昔から健康の維持と増進に **19** といわれてきました。乳酸菌はそれぞれの特徴を活かして、さまざまな発酵食品の製造に **20** きました。乳酸菌飲料やヨーグルト、チーズなどの乳製品を **21** 、味噌、醤油、漬物などの食品に役立てられています。その働き **22** 、整腸作用、抗腫瘍作用、免疫賦活作用、血中コレステロール低減作用、高血圧抑制作用などが挙げられます。また、乳酸菌は発酵の際、ビタミンCも生成し、発酵前の生乳等のビタミンCよりも濃度が高くなると言われています。

18

1. にあって　　2. により
3. にしたがい　　4. にとり

19

1. 足立つ　　2. 目立つ
3. 腹立つ　　4. 役立つ

20

1. 作られて　　2. 言われて
3. 使われて　　4. 思われて

21

1. ともに　　2. はじめ
3. 例に　　4. 様子に

22

1. として　　2. 反して
3. とって　　4. 対して

第21回

問題1 次の文の（　）に入れるのに最もよいものを、1・2・3・4から一つ選びなさい。

1 プロが作った料理だから、おいしい（　）。

1.に限って入る　　2.に決まっている
3.に向いている　　4.に過ぎない

2 私の知っている（　）、彼女は今もその会社の社長です。

1.次第に　　2.より
3.つもり　　4.かぎり

3 目的地（　）わからないのに電車に乗って出かけた。

1.だけ　　2.さえ
3.ほど　　4.まで

4 申込書に学生証番号と氏名を記入した（　）提出してください。

1.上で　　2.うちに
3.もとで　　4.中で

5 お母さんが私のために心を（　）お弁当を作ってくれた。

1.通して　　2.ぬきに
3.中心に　　4.込めて

6 少子化が（　）一方で、働き続けたいと思う女性が増えてきています。

1. 進み　　　　2. 進む
3. 進んで　　　4. 進もう

7 彼女は親の反対（　）結婚しようと思っている。

1. をかまって　　2. をよけて
3. もかまわず　　4. もよけず

8 いろいろなことを考えすぎた（　）、精神的に疲れて果てていた。

1. あまり　　2. ながら
3. つつも　　4. ものの

9 チャイムが鳴るか（　）かのうちに、彼が帰宅した。

1. 鳴る　　　2. 鳴らなかった
3. 鳴らない　4. 鳴りつつ

10 専門家の予想に（　）、今年の石油価格は急激に下落した。

1. ひきかえ　　2. くわえて
3. もとにして　4. 反して

11 せっかく暖かくなった（　）また冬に逆戻りですね。

1. と思いながら　2. と思うなら
3. と思ったら　　4. かと思ったら

12 先生は体の具合が悪く、寝たきりだ（　）聞いております。

1. なら　　2. とか
3. なり　　4. もの

問題2　次の文の＿★＿に入れる最もよいものを、1・2・3・4から一つ選びなさい。

13 このアニメはさすが人気原作漫画＿＿ ＿★＿ ＿＿ ＿＿面白い。

1. が　　2. ストーリー
3. だけ　　4. あって

14 試合に＿＿ ＿＿ ＿★＿ ＿＿納得できるような演技を目指してやっていきたい。

1. には　　2. 出る
3. 自分の　　4. から

15 頂上付近はかなりの霧で、景色を＿＿ ＿＿ ＿★＿ ＿＿。

1. 楽しむ　　2. では
3. ところ　　4. なかった

16 次の会議は来週の＿＿ ＿＿ ＿★＿ ＿＿。

1. 水曜日　　2. っけ
3. なかった　　4. じゃ

17 イギリス英語は嫌い＿＿＿　＿＿＿　＿★＿　＿＿＿けど、私にとっては聞きづらく難しく感じるだけです。

1. わけ　　2. ない
3. では　　4. な

問題3　次の文章を読んで、文章全体の内容を考えて、**18**から**22**の中に入れるもっともよいものを、１・２・３・４から一つ選びなさい。

土用（どよう）の丑（うし）の日（ひ）は、7月後半から8月はじめの「夏の土用」の時期にある「丑の日」のことです。夏の土用の丑の日は梅雨明けと重なることも多く、気候も体調も変化する時期なので、夏に **18** 夏バテをしないよう栄養のあるものを食べるようになりました。

鰻を食べる習慣についての由来にはいろいろありますが、江戸時代の平賀源内が考案したという説が最も知られています。夏にお客が減って困ったうなぎ屋さんが源内に相談した **19** 、源内は、「本日丑の日」と書いて店先に貼ることを勧めました。丑の日に「う」の字がつく物を食べると夏負けしないという風習があった **20** 、それを見た町の人たちがそのうなぎ屋さんにつめかけました。

その後、他の鰻屋もそれを真似る **21** になり、土用の丑の日に鰻を食べる風習が定着しました。

実際にも鰻にはビタミンが豊富に含まれているため、夏バテ、食欲減退防止の効果が期待できます。しかし、鰻の旬は冬眠に備えて身に養分を貯える晩秋から初冬にかけての時期で、秋から春に **22** 夏のものは味がおちます。

18

1. 向かって　　2. 対して
3. そして　　4. 反して

19

1. のに　　2. わけ
3. ところ　　4. とき

20

1. ながら　　2. ため
3. つつ　　4. のに

21

1. そう　　2. らしい
3. とも　　4. よう

22

1. としても　　2. あっても
3. 比べても　　4. とっても

第22回

問題1 次の文の（　）に入れるのに最もよいものを、1・2・3・4から一つ選びなさい。

1 今日の会議に編集長（　）、編集部員全員が出席した。

1.にも関わらず　　2.まで
3.ばかり　　4.はもちろん

2 多数の市民の要望（　）、月曜日も美術館を開館することにした。

1.にこたえて　　2.にくわえて
3.にくらべて　　4.にかわって

3 その噂は、社員（　）社長にまで広まっている。

1.ところに　　2.ものか
3.ばかりか　　4.ことか

4 私は大学で法律の勉強（　）ドイツ語も学ぶつもりです。

1.に代わって　　2.に加えて
3.に比べて　　4.にひきかえて

5 東日本全域（　）、大雪の被害を受けた。

1.にあたり　　2.に対して
3.にわたり　　4.において

6 週末はいつも忙しくて、ゆっくりニュース（　）見る暇はない。

1. ほど　　2. まで
3. から　　4. など

7 この道に（　）真っ直ぐ行けば、銀行は左側にありますよ。

1. 際して　　2. 沿って
3. 先立って　　4. つれて

8 入場料金（　）は「料金表」をご確認ください。

1. に関して　　2. に対して
3. にかけて　　4. に際して

9 今日は夏バテ（　）だからさっぱりした素麺が食べたい。

1. 過ぎ　　2. 模様
3. 気味　　4. がち

10 私は数え（　）ほど小説を読んできましたが、この小説は一味違います。

1. すぎない　　2. きれない
3. かけない　　4. すごせない

11 最近では1本を飲みきれないので冷蔵庫にはいつも飲み（　）のワインがあります。

1. すぎ　　2. ほど
3. さえ　　4. かけ

12 そんな誤りは初心者にあり（　）のことだ。気にしないで。

1. がち　　2. べき
3. そう　　4. のみ

問題2 次の文の ＿★＿ に入れる最もよいものを、1・2・3・4から一つ選びなさい。

13 このソフトを導入すればテキスト入力が＿＿＿ ＿＿＿ ＿＿＿ ＿★＿。

1. なる　　2. 速く
3. 違いない　　4. に

14 コミュニケーションは手段であり、言葉＿＿＿ ＿＿＿ ＿★＿ ＿＿＿。肝心なのはその中身なのだ。

1. は　　2. すぎない
3. に　　4. 道具

15 部下の飲み会に行きたいけど、私が行けばじゃま＿＿＿ ＿＿＿ ＿★＿ ＿＿＿ので、行かないことにします。

1. いる　　2. に
3. になる　　4. きまって

16 徹夜して疲れている＿＿＿ ＿＿＿ ＿★＿ ＿＿＿。

1. なら　　2. 眠くて
3. ない　　4. から

17 世界遺産に行って、まるでタイムスリップ＿＿＿ ＿＿＿ ＿★＿ ＿＿＿景色が最高です。

1. の　　2. な
3. したか　　4. よう

問題 3　次の文章を読んで、文章全体の内容を考えて、18から22の中に入れるもっともよいものを、１・２・３・４から一つ選びなさい。

毎年２月から５月ぐらいに **18** 、くしゃみや鼻水が出たり、目がかゆっくなったりして困っている人がたくさんいる。この病気の原因は毎年春が近づいてくると急に多くなる「花粉症」である。日本ではの 20%近くの人が花粉症にかかっているといわれるので、国民病 **19** 呼ばれている。

人間の体は、体内に異物が入ってくると、細胞が抗体をつくってそれを体の外に **20** とする。この抗体が必要以上に働くことをアレルギーと呼びぶ。天気が暖かくなって、スギやヒノキなどの花粉が風に乗って飛んできて、目や鼻に入ると、リンパ球が花粉を侵入者と認識して、抗体を作る。その抗体の働きでくしゃみで花粉を吹き飛ばす、鼻水や涙で花粉を洗い流す、鼻づまりで花粉を中には入れないなどの症状が出てくるのだ。この抗体の働きが必要以上に起こると、花粉症の症状が現れる **21** だ。

花粉症は、体内に花粉が入ることで引き起こされるアレルギー。だから、花粉を体内に入れない **22** が一番よい花粉症対策になるんだ。まずは花粉にふれないようにすることがもっとも重要である。外出するときには必ずマスクをつけ、そしてこまめに新しいものに交換しよう。メガネも効果的である。花粉症用のメガネもあるけど、ふつうのメガネやサングラスでも効果がある。花粉がつきにくいナイロンなどのすべすべした素材の衣服を着用することもおすすめだ。

18

1. おいて　　2. かけて
3. とって　　4. あって

19

1. との　　2. とか
3. とは　　4. とも

20

1. 追い出す　　2. 追い出し
3. 追い出そう　　4. 追い出され

21

1. わけ　　2. 次第
3. ところ　　4. こと

22

1. もの　　2. とき
3. ところ　　4. こと

第23回

問題1 次の文の（　）に入れるのに最もよいものを、1・2・3・4から一つ選びなさい。

1 その質問に（　）明確な答えはありません。

1.かけて　　2.対して
3.向いて　　4.聞いて

2 借金の返済方法を（　）話し合いが行われました。

1.辿って　　2.回って
3.めぐって　　4.ついて

3 不安だけど、決めたことは最後までやり（　）。

1.べきだ　　2.ぬく
3.かける　　4.かける

4 将棋で人間がコンピューターに勝つなんて正直信じ（　）。

1.かねない　　2.そうもない
3.べきだ　　4.がたい

5 授業内容について質問がありましたら、私の担当助手（　）連絡してください。

1.とともに　　2.に応じて
3.を通して　　4.に対して

6 先輩のみなさんや家族が励まし続けてくれた（　）、今の彼の活躍があります。

1. からこそ　　2. からといって
3. ならでは　　4. ばかりに

7 子猫は車にひかれて血（　）で道路に倒れていた。

1. ばかり　　2. ぐれ
3. ながら　　4. だらけ

8 「彼女と別れた」と彼は悲し（　）に言った。

1. い　　2. よう
3. げ　　4. がち

9 野外ライブに客がたくさん来るかどうかは明日の天気（　）だ。

1. わけ　　2. 次第
3. よう　　4. くせ

10 あの歌手は実力（　）人気もない。

1. もしながら　　2. もありながら
3. もなければ　　4. はともかく

11 私は今年から、再来年まで（　）、アメリカへ留学する予定です。

1. において　　2. にあけて
3. にあたって　　4. にかけて

12 両親が来るから、掃除（　）わけにはいかない。

1. する　　2. しない
3. しよう　　4. しなかった

問題2　次の文の＿★＿に入れる最もよいものを、1・2・3・4から一つ選びなさい。

13 幼稚園から高校までずっと一緒の友達は＿＿＿ ＿＿＿ ＿★＿ ＿＿＿みたいな大切な存在です。

1. より　　2. という
3. 家族　　4. 友達

14 彼女の美しさ＿＿＿ ＿★＿ ＿＿＿ ＿＿＿思えません。

1. とは　　2. この世のもの
3. いったら　　4. と

15 週末出張＿＿＿ ＿＿＿ ＿★＿ ＿＿＿帰省した。

1. に　　2. の
3. 実家へ　　4. ついで

16 フィンランドに＿＿＿ ＿＿＿ ＿★＿ ＿＿＿ところ、色んな情報が出てきてなかなか面白かった。

1. ちょっと　　2. みた
3. ついて　　4. 調べて

17 驚いた＿＿＿ ＿＿＿ ＿＿＿ ＿★＿ことが判明した。

1. ことに　　2. という
3. 彼が　　4. 犯人だ

問題3　**次の文章を読んで、文章全体の内容を考えて、18から22の中に入れるもっともよいものを、1・2・3・4から一つ選びなさい。**

和食 **18** 「みそ汁」は欠かせません。温かいご飯にみそ汁、これは日本の食事の基本です。みそ汁は、野菜や魚介類などの具材を煮てみそで味付けしたスープです。調理法 **19** は単純な料理であるが、出汁、みそに加え具材も各家庭、調理者に **20** 千差万別であるため、おふくろの味と言われる事もあります。

みそには材料によって何種類ありますが、中で日本で広く作られて、食べられているのが大豆と米から作る米みそです。米みそには、熟成する時期によってさらに白みそと赤みそ **21** 分けられます。白みそは数ヶ月で作られ白っぽく、甘味があり、赤みそは 1 年以上にわたり熟成され、色が赤く、塩味も濃いです。味噌に含まれる大豆の蛋白質は、かつての低蛋白の日本食に **22** 主要な蛋白源であり、また汗とともに消耗する塩分の補給に大きな役割を果たしていました。現在でも、みそ汁は日本人の食に一番密接している料理ともいえ、欠かすことの出来ない存在です。例えば飲食店における定食の多くが、ご飯、みそ汁、そしておかずの組み合わせを基本としています。

18

1. である上に　　2. だけあって
3. といえば　　4. といっても

19

1. 対して　　2. として
3. 反して　　4. 接して

20

1. とって　　2. あって
3. よって　　4. きって

21

1. を　　2. に
3. が　　4. で

22

1. おける　　2. わたる
3. 通じる　　4. かたる

第24回

問題1 次の文の（　）に入れるのに最もよいものを、１・２・３・４から一つ選びなさい。

1 相手はプロ野球選手だから勝てる（　）。

1.にすぎない　　2.わけがない
3.にちがいない　　4.かねない

2 ニュースによると、今年の夏はあまり暑くならない（　）。

1.らしいこと　　2.というものだ
3.だそうだ　　4.ということだ

3 私はフレンチトーストが好きすぎて、1週間毎日食べ続けた（　）だ。

1.より　　2.かぎり
3.べき　　4.くらい

4 踏みつけにより植物を傷める（　）ので登山道(とざんどう)などから外れないようにしましょう。

1.おそれがある　　2.おそれがない
3.見込みがある　　4.見込みが無い

5 社長が席を（　）とたんに、課長ががらりと態度を変えた。

1.外す　　2.外そう
3.外した　　4.外して

6 セミナーの受講経験に（　）誰でも受講することができます。

1. かぎらず　　2. かかわりなく
3. もかかわらず　　4. ともかく

7 お帰りの（　）は足元にお気をつけてお帰り下さいね。

1. 最中　　2. 間
3. 上　　4. 際

8 子供（　）最も必要なものは親の愛だ。

1. に対して　　2. について
3. にとって　　4. に応じて

9 給料は少ない（　）、好きな内容の仕事だったので頑張ってこられました。

1. のに　　2. ものの
3. ばかりに　　4. ところへ

10 個人的な事情で高校への進学の（　）検定試験を受けた。

1. ところに　　2. とおりに
3. かたちに　　4. かわりに

11 今日は彼の人生（　）最悪の日であった。

1. における　　2. について
3. に対して　　4. につれて

12 休日に予定を入れた（　）、急に仕事を頼まれた。

1. ところか　　　　2. ばかりで
3. ところへ　　　　4. うちに

問題2 次の文の＿★＿に入れる最もよいものを、1・2・3・4から一つ選びなさい。

13 沖縄旅行＿＿＿　＿＿＿　＿★＿　＿＿＿海です。

1. 何と　　2. いったら
3. いっても　　4. と

14 東京オリンピックまでは国民の＿＿＿　＿＿＿　＿★＿　＿＿＿だ。

1. 応えて　　2. 期待に
3. つもり　　4. 頑張る

15 うつ病は「精神疾患（せいしんしっかん）」というものゆえ、周囲は＿＿＿　＿＿＿　＿＿＿　＿★＿気づかなかったりすることもあります。

1. 本人　　2. こと
3. でさえ　　4. もちろんの

16 去年出来なかったので＿＿＿　＿★＿　＿＿＿　＿＿＿。

1. 優勝　　2. こそ
3. したい　　4. 今年

17 果物は＿＿＿　＿＿＿　＿★＿　＿＿＿あります。

1. という　　2. うまい
3. 話が　　4. 腐（くさ）りかけが

問題3 次の文章を読んで、文章全体の内容を考えて、18から22の中に入れるもっともよいものを、１・２・３・４から一つ選びなさい。

私の今つとめている札幌の大学は、エルムの木で有名である。

内地の若い人たち、特に女学生の人たちの間に、このエルムの木はなかなか人気があったようである。戦争前までは、夏休みになると、毎日のように、修学旅行の連中が来た。緑の芝生の中に、白いパラソルの列がそろそろ見え始めると、もう夏休みになったという気がした **18** である。

ところでエルムの花盛りというものは、旅行者 **19** 、札幌に住んでいる人でも、ほとんど注意を払う人は無いであろう。「エルムの樹に花なんか咲きやしませんよ」というのが、大多数の人の返事であろう。

しかしエルムにも立派に花盛りがあるのである。四月 **20** 、北国の春はおそく、やっと雪は消えたが、地面はまだどろどろで、冬中にたまった汚いものが、その泥にまみれていっぱいちらかっている。空は曇り **21** で、鼠色の雲が低く垂れ、いつまでも冷たい風が吹く。そういう時に、冬の間はすっかり葉が落ちたエルムの梢が、まだ枯枝のまま暗い空に交錯（こうさく）してのび出ている。仰いで見ると、墨絵（すみえ）の線描きのようなかっこうである。

その時よく注意して見ると、どの小枝にもみな点々と心もちふくらまったところがある。ちょうど葉の芽が出ようとしている **22** のように見える。それがエルムの花なのである。夕暮に冷たい風の吹く中を、オーバの襟を立てながら、鼠色の空に交錯する枯枝を仰いで「またエルムの花盛りになったね」と冗談を言う友人もあった。

中谷宇吉郎「楡の花」を元に構成

18

1. こと　　2. もの
3. とき　　4. ところ

19

1. でいても　　2. であって
3. であり　　4. でなくても

20

1. とあっても　　2. とっても
3. といっても　　4. というのも

21

1. ながら　　2. がち
3. きり　　4. っぽい

22

1. ところ　　2. わけ
3. しだい　　4. もの

文字語彙模擬
試題

第1回

問題 1 ＿＿＿の言葉の読み方として最もよいものを、1・2・3・4から一つ選びなさい。

1 朝の電車はいつも<u>混雑</u>してて大変です。

1. こんざず　　2. こんざつ
3. こんさつ　　4. こんさず

2 最近<u>白髪</u>が増えてきたのが悩みです。

1. しろが　　2. しろかみ
3. しらかみ　　4. しらが

3 弟は自分が寝ていた<u>布団</u>をたたんで押し入れにしまった。

1. ふどん　　2. ぶどう
3. ふとん　　4. ぶとん

4 昨夜その宝石店に<u>強盗</u>が入った。

1. ごうとう　　2. こどう
3. ごうどう　　4. こうとう

5 私は毎年必ず近所の<u>神社</u>にお参りに行きます。

1. しんしゃ　　2. じんじゃ
3. しんじゃ　　4. じんしゃ

問題 2 ＿＿＿の言葉を漢字で書くとき、最もよいものを 1・2・3・4 から一つ選びなさい。

6 先日は映画館でぐうぜん会社の同僚に会った。

1. 突然　　2. 必然
3. 自然　　4. 偶然

7 電車を降りて駅から出ると日差しがとてもまぶしくて思わず目を細めた。

1. 眩しくて　　2. 眺しくて
3. 輝しくて　　4. 瞼しくて

8 会社は彼が良いじっせきを出すことを期待します。

1. 奇跡　　2. 実績
3. 成績　　4. 事実

9 彼は授業中よくいねむりする。

1. 居座り　　2. 囲炉り
3. 居眠り　　4. 井戸り

10 面接を受ける人は緊張で、まちあいしつの中を言ったり切ったりしていた。

1. 侍会室　　2. 持合室
3. 待会室　　4. 待合室

問題3 （　）に入れるのに最もよいものを、1・2・3・4 から一つ選びなさい。

11 彼はまだ別れた彼女のことが諦め（　）ようだ。

1. たりない　　2. くくない
3. きれない　　4. しらない

12 野球大会の結果は関西地区で第二（　）だった。

1. 番　　2. 等
3. 名　　4. 位

13 飛行機が（　）天候によって遅れた。

1. 壊　　2. 悪
3. 低　　4. 不

14 トムはあずきに（　）がないそうで、「アンパン大好き！」と笑顔で話してくれました。

1. 目　　2. 舌
3. 鼻　　4. 口

15 結婚相手は学歴もよく（　）収入なので、家族は喜んでいる。

1. 良　　2. 特
3. 名　　4. 高

問題4　（　）に入れるのに最もよいものを、1・2・3・4から一つ選びなさい。

16 嬉しいお誘いですが、その日は（　）予定が入っており、参加できそうにありません。

1. せっかく　　2. さいわい
3. あいにく　　4. ようやく

17 このデータは私の研究とは（　）がないと思います。

1. 関京　　2. 関連
3. 関与　　4. 関節

18 この似顔絵は彼女に（　）だ。

1. あっさり　　2. びっくり
3. たっぷり　　4. そっくり

19 今ほとんどのテレビは録画（　）が付いている。

1. 物事　　2. 機会
3. 機能　　4. 性質

20 労働基準法は、労働者の（　）を守るために作られたものです。

1. 権利　　2. 権力
3. 人権　　4. 主権

21 私は社長から、急遽イギリスへの海外（　）を命じられた。

1. 出場　　2. 出張
3. 出発　　4. 出勤

22 市長は人種（　）発言で非難された。

1. 段差　　2. 区別
3. 差別　　4. 分別

問題 5 ＿＿＿の言葉に意味が最も近いものを、1・2・3・4から一つ選びなさい。

23 それは<u>おおいに</u>役に立ちました。

1. たまに　　2. たいへん
3. ちっとも　　4. すこし

24 ここからはスカイツリーが<u>はっきり</u>見える。

1. すっきり　　2. さっぱり
3. くっきり　　4. すっかり

25 このビルからの<u>ながめ</u>がとてもよかった。

1. じかん　　2. けしき
3. こうつう　　4. てんこう

26 いまさら<u>くやんでも</u>後の祭りだ。

1. こうかいしても　　2. にくんでも
3. あらためても　　4. にらんでも

27 家族は<u>なごやかな</u>雰囲気の中で話し合った。

1. にぎやかな　　2. つめたい
3. けわしい　　4. あたたかい

問題 6 次の言葉の使い方として最もよいものを、1・2・3・4から一つ選びなさい。

28 本場

1. <u>本場</u>で人を判断してはいけないと思う。
2. イタリアで<u>本場</u>のピザとパスタを味わった。

3. 彼女は写真より本場のほうがずっときれいだ。
4. 社長と本場を検討した上で報告することにした。

29 のんき

1. 入学試験が近づいているのにどうしてのんきにしていられるの。
2. ゆっくり休みをとってのんきしてください。
3. 今から行けば飛行機にのんきに間に合う。
4. 朝食後、お風呂に入り、のんきできました。

30 まいご

1. 田中くんは生まれつきまいごな性格だ。
2. おとうとはまいごになるために一生懸命勉強している。
3. 彼は真面目でいつもまいごとよばれている。
4. 彼女は方向音痴でいつもまいごになってしまう。

31 心得る

1. 彼の言葉にぐっと心得た。
2. 大学で日本の経済を心得ている。
3. それは自分の責任だと心得ております。
4. この企画はあなたの担当だから、しっかり心得なさい。

32 ぞくしゅつ

1. 患者は治療をぞくしゅつしている。

2. 田中先生の授業はぞくしゅつしやすい。
3. インフルエンザで倒れる人がぞくしゅつした。
4. あのつまらない講演はだらだら2時間もぞくしゅつした。

第2回

問題1 ＿＿＿の言葉の読み方として最もよいものを、1・2・3・4から一つ選びなさい。

1 清掃用具を物置にしまう。

1. ぶっち　　2. ものおき
3. ものち　　4. ぶおき

2 彼女の作ったお弁当に文句をつける。

1. もんぐ　　2. ぶんく
3. ぶんぐ　　4. もんく

3 大きいお皿に美味しい料理を盛った。

1. もった　　2. うった
3. のった　　4. まった

4 彼は滅多に外へ出ない。

1. めいぜつに　　2. めったに
3. はっかいに　　4. めいたに

5 薄い壁を隔てて 隣の会話が聞こえる。

1. へたてて　　2. えたてて
3. えだてて　　4. へだてて

問題2 ＿＿＿の言葉を漢字で書くとき、最もよいものを1・2・3・4から一つ選びなさい。

6 赤ちゃんのはだぎは基本的にラベルが表にくるようにつくられています。

1. 肌衣　　2. 肌著
3. 肌着　　4. 肌議

7 彼はうらにわで野菜を作っている。

1. 里庭　　2. 裏庭
3. 裡庭　　4. 浦庭

8 レシピ通りに作れば美味しいケーキがやけた。

1. 浸けた　　2. 抜けた
3. 溶けた　　4. 焼けた

9 赤い矢印にそって進んでください。

1. 沿って　　2. 添って
3. 摂って　　4. 載って

10 チェックアウトのときにホテルのびんせんに感謝の気持ちを書いておいてきた。

1. 便船　　2. 便箋
3. 瓶栓　　4. 品選

問題3　（　）に入れるのに最も よいものを、1・2・3・4から一つ選びなさい。

11 母は私にそのお金を（　）遣いしないようにと言った。

1. すくない　　2. むりょう
3. ぜいたく　　4. むだ

12 何もできない自分に対して（　）立ってきた。

1. 鼻　　2. 足
3. 目　　4. 腹

13 昨日のことを（　）返すと笑いが止まらない。

1. 考え　　2. 思い
3. 話し　　4. 取り

14 彼はさまざまな苦難を乗り（　）、結婚にたどり着いた。

1. 換えて　　2. 越して
3. 越えて　　4. 耐えて

15 取引が不（　）で終了してしまった。

1. 成立　　2. 誠意
3. 安定　　4. 得意

問題4　（　）に入れるのに最もよいものを、1・2・3・4から一つ選びなさい。

16 子供が成長していく上で、家庭は大切な（　）を担っています。

1. 宝物　　2. 役割
3. 人員　　4. ところ

17 彼は将来役者に（　）います。

1. 見かけて　　2. 指さして
3. すすめて　　4. 目指して

18 店の商品を壊したので（　）した。

1. 弁解　　2. 販売
3. 弁償　　4. 取り壊し

19 下の韓国語を日本語に（　）ください。

1. 直して　　2. 返して
3. 移して　　4. 合して

20 資金を（　）して投資することには、リスクを小さくする効果があります。

1. 分解　　2. 分散
3. 四散　　4. 拡散

21 このドリンクは砂糖、添加物を（　）いる。

1. 飲んで　　2. 入って
3. 含まれて　　4. 含んで

22 園児たちは、小学校の運動会に参加でき、いい体験ができましたね。小学生への期待が（　）のではないのでしょうか。

1. しぼんだ　　2. 諦めた
3. 膨らんだ　　4. やめた

問題 5 ＿＿＿の言葉に意味が最も近いものを、1・2・3・4から一つ選びなさい。

23 旅先で仕事の話しないでよ。

1. 旅券　　2. 通路
3. 行った所　　4. 旅館

24 ここで利用料金を<u>支払って</u>ください。

1. 支持して　　2. 精算して
3. 追い払って　　4. 取り払って

25 その絵を部屋の一番<u>目立つ</u>ところに飾っています。

1. ずば抜けている　　2. 存在感が薄い
3. 目が効く　　4. よく見える

26 彼は<u>朗らか</u>な人です。

1. 明るい　　2. おおざっぱ
3. しずか　　4. 短気

27 そこは世界一の高さを<u>誇る</u>タワーです。

1. 大げさ　　2. 信用する
3. 自慢する　　4. 褒める

問題 6 次の言葉の使い方として最もよいものを、1・2・3・4から一つ選びなさい。

28 あわただしい

1. 素敵な雑貨屋を発見した。店内は見ているだけで<u>あわただしい</u>。
2. 選挙のスケジュールに合わせて政治家の動きが<u>あわただしく</u>なってきた。
3. そんなに<u>あわただしい</u>と、間に合わないよ。
4. 今日のワインは<u>あわただしかった</u>けど、おいしかった。

29 有能

1. 彼は有能な政治家です。
2. 将来有能な会社に入りたい。
3. 昨日有能な試合を見た。
4. 有能な人の演奏会に行った。

30 起こる

1. 今朝は子供に起こった。
2. いつも7時に起こる。
3. 一人で会社が起こった。
4. 今日は大変な事件が起こった。

31 代わりに

1. 借りた本を図書館に代わりにした。
2. 怪我した田中選手を代わりにした。
3. 彼女は私の代わりに返事した。
4. 午後は天気が代わりになった。

32 転ぶ

1. 階段から転んで骨折した。
2. 電源を入れると機械が転んだ。
3. 電車がうまく転んでいる。
4. 車のタイヤが転んで走っている。

第3回

問題 1 ＿＿＿の言葉の読み方として最もよいものを、1・2・3・4から一つ選びなさい。

1 水曜日までに返答してください。

1. へんどく　　2. へんとく
3. へんどう　　4. へんとう

2 危険なので真似しないでください。

1. しんじつ　　2. もで
3. まね　　4. まに

3 彼女は貧しい家庭に育った。

1. まずしい　　2. こうばしい
3. あやしい　　4. おしい

4 冒頭で首相の挨拶があった。

1. ぼどう　　2. ぼとう
3. ぼうどう　　4. ぼうとう

5 震災のために募金活動をする。

1. もうきん　　2. ぼきん
3. もきん　　4. ぼうきん

問題 2 ＿＿＿の言葉を漢字で書くとき、最もよいものを1・2・3・4から一つ選びなさい。

6 チームメートから自宅での夕食にまねかれた。

1. 待かれた	2. 招かれた
3. 持かれた	4. 担かれた

7 朝のバスがまんいんで次のバスに乗ることになった。

1. 毎員	2. 満員
3. 万員	4. 混員

8 駐車場で隣の車と軽く接触して車がへこんだ。

1. 凹んだ	2. 歪んだ
3. 陥んだ	4. 壊んだ

9 無料で機械のぶひんを交換してもらった。

1. 部門	2. 部件
3. 部品	4. 部分

10 この悲しいばめんで映画が終わった。

1. 場所	2. 場合
3. 情景	4. 場面

問題3 （　）に入れるのに最もよいものを、1・2・3・4から一つ選びなさい。

11 私の父は今仕事で福岡に単身（　）しています。

1. 昇進	2. 旅行
3. 出張	4. 赴任

12 彼は仕事があまり上手く行ってなくて（　）込んでいる。

1.降り　　2.落ち
3.下り　　4.思い

13 この時計を見て少しでも私を思い（　）くれたら嬉しいです。

1.込んで　　2.出して
3.やりで　　4.ついて

14 彼女は（　）が良くてどんなに難しい文法でもすらすら理解できる。

1.勘　　2.目
3.気　　4.心

15 あの人気漫画がついにアニメ（　）されることになりました。

1.風　　2.論
3.化　　4.学

問題4　（　）に入れるのに最もよいものを、1・2・3・4から一つ選びなさい。

16 天体を（　）するために望遠鏡を買った。

1.鑑賞　　2.観光
3.観覧　　4.観測

17 このケーキを二つ買えば、もう一つ（　）します。

1. おさし　　2. おまけ
3. おとく　　4. おやす

18 食堂が込んでいて（　）になった。

1. 相席　　2. 空席
3. 相手　　4. 座席

19 このお寺は国宝に（　）された。

1. 議定　　2. 指定
3. 検定　　4. 設定

20 食中毒を（　）ため、肉はしっかり焼いてください。

1. やめる　　2. 止まる
3. なる　　4. 防ぐ

21 ご希望の欄にチェックを（　）ください。

1. されて　　2. 出して
3. 入れて　　4. 作って

22 ネットゲームに（　）、毎日深夜までやっている。

1. はまって　　2. ねらって
3. 勉強して　　4. 迷って

問題 5 ＿＿＿の言葉に意味が最も近いものを、1・2・3・4から一つ選びなさい。

23 このメールで彼のやさしい素顔が伺える。

1. 聞こえる　　2. 見える
3. 話せる　　4. いただける

24 塩を<u>少なめ</u>にしてください。

1. 少なくない　　2. なくす
3. やや少ない　　4. たくさん

25 私は新しい企画の<u>担当者</u>です。

1. 担任者　　2. 承認者
3. 当事者　　4. 責任者

26 先行販売ではお客の<u>受け</u>はかなり良いみたいです。

1. 反対　　2. 反応
3. 考え　　4. 思考

27 ご提案についてはもうしばらく<u>検討させて</u>ください。

1. 考えさせて　　2. 反省させて
3. 開発させて　　4. 承認させて

問題 6 次の言葉の使い方として最もよいものを、1・2・3・4 から一つ選びなさい。

28 半分

1. <u>半分</u>駅まで行った。
2. 私は何をやっても中途<u>半分</u>です。
3. この会社の社員の<u>半分</u>は文系です。
4. 彼女は<u>半分</u>でお皿を洗った。

29 多少

1. 今年も世界中から<u>多少</u>の選手が集まってくれ

た。

2. 自分で選んだ仕事だから、多少困難があっても全く苦にならない。
3. 私にはほんの多少しか時間がありません。
4. あなたの自慢話はもう多少だ。

30 おこたる

1. 試験に合格するために、勉強をおこたることなく、毎日夜遅くまで机に向かいました。
2. 分からないながらもおこたってなんとか企画書を提出した。
3. 彼は自分の失言を笑っておこたった。
4. いつも勉強におこたっているけど成績がのびない。

31 無難

1. その無難な態度には我慢できない。
2. この貴重な芸術品は無難です。
3. 旅行先に貴重品を持って行かないほうが無難だ。
4. 飛行機が無難に到着した。

32 合間

1. 芸術を合間している。
2. 仕事の合間に漫画を描いている。
3. どの電車も満員で合間がない。
4. 家の合間に犬を育てる。

第4回

問題 1 ＿＿＿の言葉の読み方として最もよいものを、1・2・3・4から一つ選びなさい。

1 石を<u>彫る</u>時は気をつけてください。

1. ほる　　2. こる
3. ねる　　4. とる

2 橋は地震に耐えられず<u>崩壊</u>した。

1. ぼうがい　　2. ほうかい
3. ぼうかい　　4. ほうがい

3 税金のことで<u>不服</u>があれば申し立てることができる。

1. ふぷく　　2. ぶふく
3. ふぶく　　4. ふふく

4 危険を<u>察知</u>して犯人は逃げた。

1. さっち　　2. さち
3. さいじ　　4. さじ

5 彼の<u>無礼</u>な態度に腹が立った。

1. むれい　　2. ぶれ
3. ぶれい　　4. むれ

問題 2 ＿＿＿の言葉を漢字で書くとき、最もよいものを 1・2・3・4 から一つ選びなさい。

6 こうねつでよろよろ歩いた。

1. 高熱　　2. 光熱
3. 高焼　　4. 頭熱

7 ひざしが強くて日焼け止めは必須ですよね。

1. 日差し　　2. 日指し
3. 日光し　　4. 日焼し

8 技術の点では彼にひってきするものはない。

1. 一滴　　2. 匹滴
3. 匹敵　　4. 適敵

9 壊れたパソコンをはいきしました。

1. 破棄　　2. 廃棄
3. 排棄　　4. 排気

10 彼は死ぬ間際に自分の罪をはくじょうした。

1. 薄情　　2. 告訴
3. 告白　　4. 白状

問題 3 （　）に入れるのに最もよいものを、1・2・3・4 から一つ選びなさい。

11 午前中は学生で賑わう教室も午後は（　）返った。

1. 涼しい　　2. だんまり
3. 静まり　　4. すんなり

12 必ず訂正（　）に訂正印を押してください。

1. 場所　　2. 箇所
3. 場合　　4. 正面

13 秋は昼夜の温度（　）が激しい時期です。

1. 差　　2. 計
3. 量　　4. 間

14 今朝の試合は **2**（　）**1** で負けちゃった。

1. 比　　2. 回
3. 勝　　4. 対

15 病気でもないのに、見え（　）うそをついて学校を休んだ。

1. すきた　　2. とおった
3. 透いた　　4. きた

問題4 **（　）に入れるのに最もよいものを、1・2・3・4から一つ選びなさい。**

16 夜が（　）まで彼らの話は尽きなかった。

1. ある　　2. 走る
3. 入れる　　4. 更ける

17 この雑誌は鉄道に関する記事を（　）している。

1. 満載　　2. 満員
3. 派手　　4. 派生

18 安全のためにショーの内容が（　）された。

1. 転換　　2. 分解
3. 練習　　4. 変更

19 彼の留学経験を考えると、彼は英語教師に（　）です。

1. 成功　　2. 適任
3. 選択　　4. 的確

20 スープにパンを（　）食べる。

1. 洗って　　2. 入って
3. 浸して　　4. かけて

21 小学生の頃にこの漫画がすごく（　）、みんなが読んでいた。

1. 流行って　　2. 人気て
3. 売って　　4. 走って

22 カメラのシャッターを（　）もらえますか。

1. 着けて　　2. 付けて
3. 案じて　　4. 押して

問題5 ＿＿＿＿の言葉に意味が最も近いものを、1・2・3・4から一つ選びなさい。

23 お客がそれについての苦情を言った。

1. 報告　　2. 質問
3. 文句　　4. 評判

24 前と同じミスを犯してしまった。

1.かわり　　2.いつわり
3.しかり　　4.あやまり

25 勉強は自分自身で頑張らないといけないと思う。

1.さいしょから　　2.みずから
3.これから　　4.いつから

26 しっかりやりなさい。今はそんなのんきなことを言っている時期ではない。

1.安易な　　2.安全な
3.むだな　　4.無愛想な

27 彼は大家さんと家賃のことで争っている。

1.支払っ　　2.議論して
3.和解して　　4.理解して

問題 6 次の言葉の使い方として最もよいものを、1・2・3・4から一つ選びなさい。

28 起こす

1. どんなに気をつけて運転していても、時には事故を起こしてしまうこともあります。
2. いつも夜遅くまで起こしている。
3. 何か事件が起こしたようだ。
4. 明日もまた日が起こす。

29 向ける

1. この通りの向ける側にホテルがある。
2. 彼は社交的ではないからセールスの仕事は向けていない。
3. 大会に向けて毎日休むことなく練習している。
4. 山小屋で頂上から向けてきた登山者と話をした。

30 パス

1. 今年の人間ドックも無事にパスした。
2. 2年ほど塾に通ってやっと試験にパスした。
3. このバスは図書館前にパスしますか。
4. 海外へ行くのにパスとビサが必要です。

31 目印

1. 彼女は弁護士を目印して日々頑張っています。
2. 友達に目印をしてサプライズを仕掛けた。
3. 目印して肩が痛い。
4. そこに行く道がわかるように、近くの目印を教えて下さい。

32 よみがえる

1. 毎日夜更かしして、いつも午後によみがえている。
2. 自分の名前が出たので、呼ばれたと思ってよみがえった。
3. 友だちからもらったお菓子を食べたら、子供の頃の記憶がよみがえった。

4. 去年の試合をよみがえるたびに、悔しくてたまらない。

第5回

問題1 ＿＿＿の言葉の読み方として最もよいものを、1・2・3・4から一つ選びなさい。

1 海外には<u>昼寝</u>の習慣がある国が少なくありません。

1. ちゅうね　　2. あさね
3. ひるね　　4. ゆうね

2 彼は<u>貧乏</u>な家庭に生まれた。

1. ぴんぼう　　2. びんぽう
3. ぴんぽう　　4. びんぼう

3 大学受験を<u>控えて</u>いるので、塾を探しています。

1. かかえて　　2. ひかえて
3. つかえて　　4. こたえて

4 暑いから<u>日陰</u>を歩こう。

1. ひかげ　　2. ひかけ
3. ひがけ　　4. ひがげ

5 先生は学生を<u>率いて</u>アメリカを訪問した。

1. ひいて　　2. たちいて
3. りついて　　4. ひきいて

問題 2 ＿＿＿の言葉を漢字で書くとき、最もよいものを1・2・3・4から一つ選びなさい。

6 このカードの絵は、私が一番好きな絵本のひょうしです。

1. 拍子　　2. 表紙
3. 封筒　　4. 標識

7 不況で勤めている会社がとうさんした。

1. 閉産　　2. 投産
3. 動産　　4. 倒産

8 集合時間をかんちがいして、早く着いてしまった。

1. 勘違い　　2. 感違い
3. 間違い　　4. 貫違い

9 彼はダンサーとしてとてもかつやくしている。

1. 勝躍　　2. 話躍
3. 活躍　　4. 活曜

10 彼はあまりはやぐちなので何を言っているのかわからない。

1. 速口　　2. 早口
3. 快口　　4. 疾口

問題3 （　）に入れるのに最もよいものを、1・2・3・4から一つ選びなさい。

11 彼女は学園祭ですてきなダンスを（　）した。

1. 披露　　2. 勝負
3. 参加　　4. 添加

12 子供がガラスの破片を飲み（　）しまった。

1. きって　　2. はじめて
3. 込んで　　4. 終わって

13 彼の言っている言葉を何回聞いても聞き（　）。

1. かけない　　2. 取れない
3. わからない　　4. あわない

14 建設工事が完了した後、商業運転を始める前に（　）運転を行います。

1. 少　　2. 前
3. 新　　4. 試

15 店に「撮影禁止」っていう（　）紙が貼ってあります。

1. 糊り　　2. 割り
3. 張り　　4. 借り

問題4　（　）に入れるのに最もよいものを、1・2・3・4から一つ選びなさい。

16 いつも（　）に乗る電車があるのですが、先日うっかり乗り遅れてしまいました。

1. 遅刻　　2. 固定
3. 習慣　　4. 定刻

17 時間がないので、自己紹介は（　）。

1. 減ります　　2. 省きます
3. 止まります　　4. 少きます

18 蚊に刺されたところが（　）きた。

1. 腫れて　　2. 晴れて
3. 枯れて　　4. 慣れて

19 ここは危険なので（　）ください。

1. 近寄せないで　　2. 遠ざからないで
3. 近寄らないで　　4. 遠回りしないで

20 注目された裁判の（　）が出た。

1. 評判　　2. 判決
3. 評価　　4. 解決

21 あまりのショックに（　）を失ってしまった。

1. 意味　　2. 意思
3. 意志　　4. 意識

22 このデジカメは特にレンズの（　）が優れている。

1. 性質　　2. 特色
3. 性能　　4. 性格

問題5 ＿＿＿の言葉に意味が最も近いものを、1・2・3・4から一つ選びなさい。

23 このドリンクには野菜がたくさん<u>含まれて</u>いる。

1. 植えて　　2. 作って
3. 入って　　4. ささって

24 ホタルを軽く火であぶって、醤油を付けて食べた。

1. いためて　　2. やいて
3. ゆでで　　4. むして

25 彼らは酒を飲んであばれている。

1. さまよって　　2. はたらいて
3. いそいで　　4. さわいて

26 先生のジョークはちっともうけなかった。

1. 少しも　　2. しか
3. 少なくとも　　4. あくまでも

27 夏季休暇があけたら部署異動が決まっていた。

1. はじまったら　　2. つかんだら
3. とったら　　4. 終わったら

問題 6 次の言葉の使い方として最もよいものを、1・2・3・4から一つ選びなさい。

28 敗北

1. 敗北に向かって出発した。
2. フランスは昨日の試合でブラジルに敗北した。
3. 首相は総選挙での敗北を認めた。
4. 先週買った牛乳は敗北している。

29 油断

1. そんなにこの仕事をやりたくないなら油断し

ちゃえばいいじゃない。

2. これまで取引きがあったからといって油断していると、ライバルに得意先を奪われることになりかねません。
3. ガソリンが切れて車が油断しちゃった。
4. いつも油断なことばっか言っていたから、いざ本気を出して本当のこと言った時、誰にも信じてもらえなかった。

30 別に

1. ハムを、200gを別に包んで2袋欲しい。
2. 野菜コーナーは野菜別に分類して陳列しています。
3. みなさん別に意見を出し合っていきましょう。
4. 油は新聞紙などで吸い取り、燃えるゴミとして別に捨ててください。

31 反する

1. 結婚を両親に反された。
2. 売れないとの予想に反してあの商品は飛ぶように売れた。
3. あなたは服を反して着ていますよ。
4. 彼女はいつも両親の言うことに反して、しっかり頑張っています。

32 やがて

1. 初めのうちは晴れていたが、やがて雨が降ってきた。

2. この橋はやがて20年前に建てられた。
3. 彼は私よりもやがてに背が高い。
4. 彼女はいつもうそばかりでやがて信じられない。

第6回

問題1 ＿＿＿の言葉の読み方として最もよいものを、1・2・3・4から一つ選びなさい。

1 その国は寒暑の差が<u>甚だしい</u>。

1.はたはなしい　　2.はなはだしい
3.ばなばたしい　　4.はなはたしい

2 子供が美術館の中で<u>迷子</u>になった。

1.まいこ　　2.まいご
3.めいこ　　4.めいご

3 彼の家族は戦争中で<u>迫害</u>を受けていた。

1.はっかい　　2.はくかい
3.はくがい　　4.はっがい

4 メンバー全員が<u>食中毒</u>で入院してしまった。

1.しょくじゅうどく　　2.しょくちゅうどく
3.しょくじゅうとく　　4.しょくちゅうとく

5 私たちはそのダンボール箱を<u>破棄</u>する代わりに再利用しました。

1.はき　　2.はいき
3.はっき　　4.はくき

問題 2 ＿＿＿の言葉を漢字で書くとき、最もよいものを 1・2・3・4 から一つ選びなさい。

6 交通事故で車のとそうが剥げてしまった。

1. 塗創　　2. 塗装
3. 塗層　　4. 塗相

7 あなたのコメントが私をはげましてくれます。

1. 鼓まして　　2. 負まして
3. 激まして　　4. 励まして

8 商品が配送中にはそんしてしまった。

1. 破損　　2. 破存
3. 破壊　　4. 破装

9 彼はその会社で重要な役割をはたしている。

1. 成たして　　2. 果たして
3. 実たして　　4. 走たして

10 ホテルまでのタクシー代をのぞくと、もう **1600** 円くらいしか残っていない。

1. 除く　　2. 省く
3. 減く　　4. 加く

問題3 （　）に入れるのに最もよいものを、1・2・3・4 から一つ選びなさい。

11 **35** 歳未満の（　）婚者のうち、いずれは結婚したいと考える者の割合は **90** %です。

1. 既　　2. 結
3. 未　　4. 約

12 （　）作動で前回の記事を削除してしまった。
1. 後　　2. 大
3. 異　　4. 誤

13 その話は聞いたこともなく初（　）だ。
1. 聞き　　2. 耳
3. 話　　4. 期

14 彼は数々の国際大会の入賞（　）を持っている。
1. 歴　　2. 数
3. 値　　4. 償

15 最近は他人の評価を気にせず、自然（　）でいられるようになった。
1. 帯　　2. 面
3. 体　　4. 界

問題4　（　）に入れるのに最もよいものを、1・2・3・4から一つ選びなさい。

16 ここにたばこの吸殻を（　）下さい。
1. 卸さないで　　2. 捨てないで
3. しまわないで　　4. 投げないで

17 私は資料を出席者に（　）しました。
1. 配達　　2. 配分
3. 配布　　4. 配慮

18 彼はいつもむだを省いて（　）よく働いている。

1. 趣味　　2. 要領
3. 気軽　　4. 楽勝

19 生徒たちは地震の時に迅速な（　）をとった。

1. 信念　　2. 部活
3. 活動　　4. 行動

20 私たちの乗ったバスが名古屋へ行く（　）で故障した。

1. 途中　　2. 中途
3. 最中　　4. 中間

21 このところ、物価が（　）している。

1. 平均　　2. 安定
3. 平和　　4. 安全

22 開封後は（　）やすくなりますので、容器などに入れてお早めにお召し上がりください。

1. 熱気　　2. 湿っぽい
3. 蒸し　　4. 湿気

問題5 ＿＿＿の言葉に意味が最も近いものを、1・2・3・4から一つ選びなさい。

23 配管(はいかん)工事のため、一日部屋をあけないといけない。

1. 静かにしないと　　2. いっぱいにしないと
3. からにしないと　　4. 借りないと

24 この事件がどれほど影響を及ぼすのか教えてください。

1. むかえる　　2. あたえる
3. たとえる　　4. もらう

25 当店はそのような商品を扱っていません。

1. 購入して　　2. 承認して
3. 処分して　　4. 販売して

26 あまりずうずうしく誘ったりすると、逆に相手を不快にさせる危険もあります。

1. あつかましく　　2. きがるに
3. かまいなく　　4. やわらかく

27 昨日親戚の集まりがあって食事に行ってきた。

1. 集団　　2. 会合
3. 総合　　4. 集会

問題6 次の言葉の使い方として最もよいものを、1・2・3・4から一つ選びなさい。

28 広める

1. 旅行は人の視野を広める。
2. あまり聞こえないから、テレビの音量を広めてくれないか。
3. 子ども達が図書コーナーで本を広めて読んでいる。
4. ホテルの部屋はとても広めて快適でした。

29 発揮する

1. 田中選手は移籍後に本領を発揮してレギュラーの座を獲得した。
2. アルコールは発揮しやすいので、密閉できるビンに保存する必要がある。
3. 一生懸命頑張るだけではなく、頭を発揮して目標を決めてください。
4. 凧が空を発揮していった。

30 冷める

1. 風呂に入って、冷めた体をぽっかぽっかにした。
2. 日差しが強いけど朝夕は冷めるので薄手の羽織りがあるといいと思う。
3. セキュリティから冷めた視線を浴びながらも踊り続けます。
4. お料理が冷めないうちに召し上がってください。

31 用途

1. 明日は用途があって、出かけなければならない。
2. 新しい用途でドキュメントを整理してみた。
3. これは用途が広く、便利な電子製品だ。
4. 親たちは子どもたちに行儀用途を教えるべきだ。

32 発行する

1. この雑誌は月2回発行される。
2. 列車は何時に発行するか教えてくれませんか。
3. このプロジェクトはすでに次の段階に発行している。
4. ソフトウェアをインストールする際に問題が発行した。

第7回

問題1 ＿＿＿の言葉の読み方として最もよいものを、1・2・3・4から一つ選びなさい。

1 1年以上かけて運転<u>免許</u>を取りました。

1. めんきょ　　2. めんきょう
3. べんきょ　　4. べんきょう

2 彼女はドラッグストアで歯ブラシを<u>万引き</u>して捕まった。

1. まんぴき　　2. まんひき
3. まんびき　　4. まんじき

3 私の先生は博士号を<u>取得</u>したばかりです。

1. しゅうとく　　2. しゅとく
3. しゅうどく　　4. しゅどく

4 <u>年賀状</u>を書くのは日本の習慣です。

1. ねんかじょう　　2. ねんがじょう
3. ねかじょ　　4. ねんがじょ

5 日頃から体調管理に気を<u>配って</u>いる。

1. くばって　　2. はいって
3. しんぱって　　4. はらって

問題 2 ＿＿＿＿の言葉を漢字で書くとき、最もよいものを1・2・3・4から一つ選びなさい。

6 黙っていればいいのにうっかりひみつをもらしてしまった。

1. 秘密　　2. 密秘
3. 必密　　4. 密緋

7 当日残念ながら実力をはっきできなかった。

1. 発輝　　2. 発揮
3. 発表　　4. 発送

8 彼はようやくねんがんのプロデビューを果たした。

1. 念望　　2. 待望
3. 願望　　4. 念願

9 小学生みまんは入場無料です。

1. 未来　　2. 末満
3. 未満　　4. 未慢

10 私は彼を死ぬほどにくんでいる。

1. 恨んで　　2. 憎んで
3. 嫌んで　　4. 悪んで

問題3 （　）に入れるのに最もよいものを、1・2・3・4から一つ選びなさい。

11 ここの大福は砂糖を用いず、塩で味（　）した。

1. 入れ　　2. 感じ
3. 付け　　4. 方

12 私は写真の下に説明を書き（　）。

1. 始まった　　2. 上がった
3. 落ちた　　4. 加えた

13 夜が更けて人（　）が少ない。

1. 並み　　2. 通り
3. 違い　　4. 賑わい

14 この番組は一度限りらしいから絶対に見（　）たくない。

1. 逃し　　2. 退し
3. 違い　　4. 忘れ

15 価格は全て税（　）です。

1. 入り　　2. 取り
3. 込み　　4. 含み

問題4　（　）に入れるのに最もよいものを、1・2・3・4から一つ選びなさい。

16 この修正は工事に（　）しますか。

1. 面倒　　2. 影響
3. 動作　　4. 作業

17 美術館を（　）にして写真を撮った。

1.背景　　2.景色
3.ビュー　　4.周り

18 先輩の論文を（　）しました。

1.伺い　　2.会見
3.お召　　4.拝見

19 トイレのご使用後は水をお（　）ください。

1.洗い　　2.沖
3.流し　　4.泳ぐ

20 品質保証に対するこの会社の（　）に共感した。

1.様子　　2.姿勢
3.様態　　4.姿見

21 観光業は円安の（　）を受けている。

1.恩恵　　2.尊敬
3.感想　　4.感覚

22 彼女は所有者から変更の（　）を得た。

1.可否　　2.評価
3.免許　　4.許可

問題5 ＿＿＿の言葉に意味が最も近いものを、1・2・3・4から一つ選びなさい。

23 彼女はドイツ語がとても<u>うまい</u>。

1.美味しい　　2.旨い
3.上手だ　　4.昇進

24 部長は、できの悪いわたしにも、いつも温かく接してくれた。

1. 行儀よく
2. やさしく
3. ふかく
4. 思いかげなく

25 あらたな事実が明らかになった。

1. 本当の
2. 大変な
3. 衝撃な
4. 新しい

26 来月あたりに結果が出るそうだ。

1. ぐらい
2. まわり
3. 以降
4. まえ

27 一番上を目指すのは当然なことだと思います。

1. びっくり
2. あたりまえ
3. 同じ
4. 当たり

問題 6 **次の言葉の使い方として最もよいものを、1・2・3・4から一つ選びなさい。**

28 パターン

1. だれでもセレフの生活パターンに憧れている。
2. 小さい時に良く行ったパターンだ。
3. このパターン番号に従って図書館の本は配列されているのです。
4. この絵本作家の絵は構図がいつもワンパターンです。

29 放す

1. 釣った魚を池に<u>放した</u>。
2. 焼いたパンをお皿に<u>放して</u>出した。
3. ゲームに夢中になって仕事を<u>放した</u>。
4. 壁にぶつかって、何か理由があって夢を<u>放した</u>。

30 抜かす

1. 雨で靴が<u>抜かした</u>。
2. 打ち間違いで最後の一文字を<u>抜かして</u>しまった。
3. 子供が制服を<u>抜かした</u>。
4. びっくりして腰が<u>抜かした</u>。

31 捕まる

1. 友達と蚊に<u>捕まる</u>のに必死だった。
2. 彼女はシャッターチャンスを<u>捕まった</u>。
3. 前に旦那がスピード違反で<u>捕まった</u>。
4. ネットビジネスで成功を<u>捕まった</u>。

32 果たす

1. 大阪は人口が<u>果たして</u>東京より少ない。
2. <u>果たして</u>会社が決めた。
3. 彼は約束したことを<u>果たした</u>。
4. 私は<u>果たして</u>少し疲れている。

第8回

問題 1 ______の言葉の読み方として最もよいものを、1・2・3・4から一つ選びなさい。

1 彼女は会社内で重要な役割を担っている。

1. たって
2. かつって
3. になって
4. せおって

2 いつも通販で洋服を買っています。

1. ずうはん
2. つうはん
3. つうばい
4. ずうばい

3 家族のために毎日必死に働いている。

1. ひっし
2. ひし
3. ぴっし
4. ぴし

4 コーヒーが生温いからまずかった。

1. なまあたっかい
2. いきおんい
3. ずるかしこい
4. なまぬるい

5 彼は詐欺で訴えられた。

1. うたえられた
2. うったえられた
3. たとえられた
4. おしえられた

問題 2 ______の言葉を漢字で書くとき、最もよいものを1・2・3・4から一つ選びなさい。

6 自撮り棒に対する<u>とりしまり</u>が始まったそうです。

1.取結まり　　2.取締まり
3.取諦まり　　4.取収まり

7 部屋が暑過ぎれば<u>とびら</u>を開けて風を通して冷やす。

1.扉　　2.扇
3.窓　　4.関

8 彼らは違法にアメリカ入国を<u>はかった</u>。

1.走った　　2.遥った
3.迷った　　4.図った

9 正式な試合で初めて<u>とくてん</u>を入れた。

1.特点　　2.得点
3.属点　　4.徳点

10 ひとつの箱にたくさんのお土産を<u>つめて</u>友達に送った。

1.諦めて　　2.締めて
3.詰めて　　4.結めて

問題3　（　）に入れるのに最もよいものを、1・2・3・4から一つ選びなさい。

11 ポイントが貯まったらどんな使い（　）があるのですか。

1.用　　2.道
3.者　　4.物

12 ギリシアは5年位前からEUより、膨大な特別（　）金をもらっている。

1. 支持　　2. 応援
3. 弁償　　4. 援助

13 レポートは今日（　）に提出してください。

1. 上　　2. 中
3. 奥　　4. 間

14 両親がお墓参りに行って、私は一人でお留守（　）です。

1. 番　　2. 人
3. 側　　4. 役

15 英語を勉強するために昨日は明け方まで（　）更かししていた。

1. 朝　　2. 昼
3. 日の出　　4. 夜

問題4　（　）に入れるのに最もよいものを、1・2・3・4から一つ選びなさい。

16 彼は世界選手権9度目の出場でついに世界の（　）に立った。

1. 天辺　　2. 頂上
3. 頂点　　4. 天井

17 田中先輩は一番年上で、いつも（　）を切って、何でもやってくれた。

1. 先頭　　2. 先端
3. 先見　　4. 先着

18 クリスマスには何か（　）がありますか。

1. 予知　　2. 予想
3. 予告　　4. 予定

19 肩の力を抜くと、徐々に（　）の実力が出せるようになるよ。

1. 本心　　2. 本来
3. 以上　　4. 以来

20 台風の影響で花火大会が（　）になった。

1. 停止　　2. 休止
3. 中止　　4. 息止

21 首相は不適切な発言で（　）を招いた。

1. 評論　　2. 評価
3. 評判　　4. 批判

22 道路工事などのため、道路の左側が（　）できない。

1. 通行　　2. 都合
3. 通路　　4. 経過

問題5 ＿＿＿の言葉に意味が最も近いものを、1・2・3・4から一つ選びなさい。

23 彼は日本に来てまだ日があさいようで日本語がたどたどしい。

1.ながい　　2.とおい
3.ちかい　　4.みじかい

24 コメディとは思えない味のある映画です。

1.かなしみ　　2.あまみ
3.あじみ　　4.おもしろみ

25 勝利の喜びを味わわせてくれたチームメイトに感謝しています。

1.体験させて　　2.賞味させて
3.甘やかせて　　4.味見させて

26 知り合いの犬を預かっているのですが、えさを食べてくれません。

1.引きずって　　2.引き受けて
3.引っ越して　　4.引っ張って

27 院長は子供達全員にプレゼントを与えた。

1.取った　　2.運んだ
3.送った　　4.郵送した

問題6 次の言葉の使い方として最もよいものを、1・2・3・4から一つ選びなさい。

28 ためらう

1. 一眼カメラを買うためにお金をためらっている。
2. 怠け者の彼は何も仕事をせずに最初からためらっていた。
3. 彼は事実を言うのをためらっているようだ。
4. 天候悪化で山で道にためらった。

29 かける

1. 父は転んで足首をかけた。
2. 彼の発言を聞いて、先生は「どうして？」と首をかけた。
3. 掃除機をかけて部屋を掃除した。
4. ボールペンをかけながら答えを考えている。

30 抜け出す

1. 明日は朝8時に東京へ抜け出す。
2. 午前9時すぎ、スタートの合図と共に走者が一斉に抜け出した。
3. あの路地は通って抜け出した。
4. 彼は体調不良でその会議を途中で抜け出した。

31 空き巣

1. 今日、家には誰もいなくて空き巣だった。
2. 家の鍵をかけ忘れて、留守の間に空き巣に入られた。
3. 上京するために空き巣を探している。
4. ファストフード店に入って、空き巣のところに座った。

32 熱意

1. 会社説明会で社員の仕事に対する<u>熱意</u>を感じて入社を決めました。
2. フライパンの<u>熱意</u>を利用してお惣菜を温めた。
3. ゴルフを<u>熱意</u>に練習した。
4. 風邪で今朝から<u>熱意</u>を出した。

第9回

問題 1 ______の言葉の読み方として最もよいものを、1・2・3・4から一つ選びなさい。

1 今の会社から独立しようと思っています。

1. とくりつ　　2. どくりつ
3. とっりつ　　4. どっりつ

2 田中選手が対戦相手を退けて決勝に進んだ。

1. さけて　　2. たいけて
3. しのけて　　4. しりぞけて

3 元彼が今の彼女と結婚を決めたということを知り、わたしは心の動揺を隠せなかった。

1. どよう　　2. どうゆう
3. どうよう　　4. どゆ

4 彼は妻の浮気現場を目撃した。

1. うわき　　2. うわぎ
3. ふっき　　4. ふっぎ

5 いつも部活で忙しいお兄ちゃんが久しぶりのお休みだったので一緒に出かけた。

1. ぷがつ　　2. ぶがつ
3. ぷかつ　　4. ぶかつ

問題 2 ＿＿＿の言葉を漢字で書くとき、最もよいものを 1・2・3・4 から一つ選びなさい。

6 妹は家族にないしょで借金を作った。

1. 内詳　　2. 内証
3. 内緒　　4. 内障

7 お花見は日本どくとくの文化です。

1. 特独　　2. 独特
3. 持独　　4. 得特

8 彼らはけんかが原因で別れた。

1. 勧架　　2. 軒華
3. 牽制　　4. 喧嘩

9 先日友人の結婚式になこうどとして出席した。

1. 仲人　　2. 媒人
3. 新人　　4. 友人

10 この部署に来てから日があさいのでよく分からないのです。

1. 浅い　　2. 早い
3. 易い　　4. 鈍い

問題3 （　）に入れるのに最もよいものを、1・2・3・4 から一つ選びなさい。

11 この仕事をこなすために、時間（　）を作った。

1. 流　　2. 格
3. 割　　4. 別

12 田中くんの結婚（　）にどの位包んだらいいのかな。

1. 祝い　　2. 向け
3. 作り　　4. 喜び

13 私はその後は（　）道しないでそのまま家に帰った。

1. 帰り　　2. 通り
3. 釣り　　4. 寄り

14 この大学は偏差（　）が高くて合格するのは難しいと思う。

1. 数　　2. 値
3. 字　　4. 率

15 そのパンはとっくに（　）期限を過ぎていた。

1. 飲食　　2. 食用
3. 賞味　　4. 味見

問題4　（　）に入れるのに最も よいものを、1・2・3・4から一つ選びなさい。

16 原作者のクリエイターとしての（　）は守られるべきだ。

1. 権力　　2. 権利
3. 能力　　4. 権威

17 「東京オリンピック」が（　）となってスポーツに対する国民の関心が高まった。

1. 契約　　2. 機会
3. 契機　　4. 原因

18 彼と話し合ったが、僕らは意見が（　）しないことがたくさんある。

1. 一定　　2. 一緒
3. 一様　　4. 一致

19 遊園地は被害状況や事故の（　）を調べたうえで、営業の再開時期を判断する。

1. 目的　　2. 原因
3. 結果　　4. 条件

20 今日から時刻表が（　）された。

1. 改正　　2. 改善
3. 改造　　4. 改姓

21 このサイトで動画をアップしたりファンとコメント欄で（　）したりしている。

1. 交換　　2. 交代
3. 更新　　4. 交流

22 彼は長年（　）の結果、この小説を完成させたのだ。

1. 苦痛　　2. 苦心
3. 用心　　4. 小心

問題5 ＿＿＿の言葉に意味が最も近いものを、1・2・3・4から一つ選びなさい。

23 頂上からの<u>景色</u>はとても美しい。

1. 光景　2. 景気
3. 風情　4. 眺め

24 できるだけ失敗の原因を<u>明らか</u>にしたい。

1. すっきり　2. はっきり
3. しっかり　4. ずっしり

25 チケットが取れないから<u>諦める</u>しかない。

1. やめる　2. さめる
3. しめる　4. きめる

26 ドアが<u>あいて</u>いるから勝手に入って。

1. しまって　2. あけて
3. ひらいて　4. かけて

27 展覧会はどこで<u>開催されますか</u>。

1. あけますか　2. おこなわれますか
3. うかがいますか　4. いたしますか

問題6 次の言葉の使い方として最もよいものを、1・2・3・4から一つ選びなさい。

28 並み

1. この地域で市町村<u>並み</u>の話が進んでいる。
2. 彼女のピアノの腕前はプロ<u>並み</u>だ。

3. 春の海に出かけて、家族並みで潮干狩りを楽んできた。
4. あの店はいつも店前に並みが出来ている。

29 悩ましい

1. 明日は面接なので悩ましい。
2. 学校の成績が悪くて母は悩ましい。
3. 仕事がなくて悩ましい日々を送っている。
4. 犬が太っていたので悩ましい。

30 採用する

1. 会社が彼の意見を採用することにした。
2. ちゃんと野菜を食べて栄養を採用しよう。
3. 山奥できのこを採用した。
4. 新しい仕事が採用してお金持ちになった。

31 取り出す

1. メンバーは、あれほど嫌っていたにもかかわらず、急に手のひらを返したように彼女を取り出した。
2. 政府は刑務所の囚人達を取り出した。
3. 彼は時をみて政界に取り出すつもりだった。
4. 買ってきた化粧品を早速取り出してみた。

32 動員する

1. このホールはやく5000人を動員した。
2. 健康のために毎日動員している。
3. 彼女が初の公演を行い、約6000人を動員した。
4. 生徒数不足で動員した。

第10回

問題1 ＿＿＿の言葉の読み方として最もよいものを、1・2・3・4から一つ選びなさい。

1 若いスタッフは無料相談でも親切に<u>対応</u>してくれた。

1. たいこう　　2. だいおん
3. たいおん　　4. たいおう

2 チケットの不正<u>売買</u>は違法です。

1. ばいばい　　2. ばいまい
3. まいばい　　4. まいまい

3 私は<u>急遽</u>アメリカへ出張することになりました。

1. きゅうきょう　　2. きゅうきょ
3. きゅきょ　　4. きゅきょう

4 犯人は追突事故を起こし、<u>逃走</u>した。

1. たうそう　　2. とうそう
3. どうぞ　　4. たおそう

5 今度来るとき、ついでに洗剤と<u>醤油</u>を買ってきてくれない。

1. しょうゆう　　2. じょうゆう
3. しょうゆ　　4. じょうゆ

問題 2 ＿＿＿の言葉を漢字で書くとき、最もよいものを 1・2・3・4 から一つ選びなさい。

6 帰りにぐうぜん通りかかった店でケーキを買った。

1. 突然　　2. 呆然
3. 偶然　　4. 天然

7 会社がこのプロジェクトに巨額の宣伝費用をとうにゅうした。

1. 加入　　2. 乱入
3. 収入　　4. 投入

8 これは私がてあみのマフラーです。

1. 手偏み　　2. 手編み
3. 手篇み　　4. 手煽み

9 首相が辞めてから、外交ほうしんが転回した。

1. 放心　　2. 芳心
3. 方針　　4. 砲身

10 結婚祝いのためにいつもよりてまをかけて料理を作った。

1. 手間　　2. 工夫
3. 自慢　　4. 本間

問題3 （　）に入れるのに最もよいものを、1・2・3・4 から一つ選びなさい。

11 その男は通行人に（　）差別に殴りかかった。

1. 不　　2. 無
3. 対　　4. 真

12 わたしの部屋は北（　）なので、一日中薄暗いです。

1. 向き　　2. 向け
3. 座り　　4. 作り

13 看板に文字を書く前に（　）書きをした。

1. 前　　2. 上
3. 下　　4. 仮

14 自動車保険の更新にあたり、プランを（　）検討しています。

1. 大　　2. 要
3. 又　　4. 再

15 多くの人が日常（　）に外食しています。

1. 行　　2. 的
3. 用　　4. 性

問題4　（　）に入れるのに最もよいものを、1・2・3・4から一つ選びなさい。

16 球場の工事が遅れているから、プロ野球の開幕が（　）された。

1. 延長　　2. 延々
3. 延会　　4. 延期

17 今回の台風による（　）は史上最悪です。

1. 被難　　2. 避難
3. 被害　　4. 侵害

18 看護師不足は、待遇（　）によって根本的な解決を図るべきだ。

1. 改善　　2. 改良
3. 改造　　4. 改心

19 彼は首相として多くの（　）を残した。

1. 成績　　2. 実績
3. 戸籍　　4. 古跡

20 昼の（　）をとった後、建築現場に移動した。

1. 休養　　2. 休止
3. 休暇　　4. 休憩

21 彼は結婚発表で（　）を驚かせた。

1. 人間　　2. 人種
3. 世間　　4. 居間

22 4月（　）の予定は現在調整中です。

1. 以上　　2. 以降
3. 以下　　4. 意外

問題5 ＿＿＿の言葉に意味が最も近いものを、1・2・3・4から一つ選びなさい。

23 政府は領土問題に対して<u>あいまいな</u>態度を取っている。

1.はっきりしない　　2.腹立つ
3.確実な　　4.細かい

24 昨日社長に<u>会った</u>のですか。
1.お目にあたり　　2.お目に入れた
3.お目にかけた　　4.お目にかかった

25 そろそろ<u>梅雨が上がる</u>かな。
1.梅雨締め　　2.梅雨明け
3.梅雨出し　　4.梅雨引き

26 試験本番で<u>上がって</u>しまって実力が出せなかった。
1.興奮して　　2.緊張して
3.怖がって　　4.失笑して

27 幸いにも飛行機に<u>空き</u>があったのでなんとか帰って来れたのです。
1.通路　　2.腰掛け
3.椅子　　4.席

問題 6 **次の言葉の使い方として最もよいものを、1・2・3・4から一つ選びなさい。**

28 成長
1. 植物を<u>成長</u>には日光が必要である。
2. 私は<u>成長</u>にわたって父の介護をしてきた。
3. この経験は私を<u>成長</u>させた。
4. 彼は<u>成長</u>で困っている。

29 無駄

1. システムトラブルで先ほどのメールは無駄してください。
2. 安全性の高い洗剤なので、副作用は基本的には心配無駄です。
3. もう決まったことだから、反対しても無駄だよ。
4. 来週会えると嬉しいけど忙しかったら無駄しないでね。

30 転落する

1. 田舎の農園で転落している。
2. 学生を載せたバスが崖から転落した。
3. 飛行機で大阪から東京に転落した。
4. 路線バスの乗り場が周辺4カ所に転落した。

31 外来

1. 彼は外来の部屋で歌っている。
2. 彼女には素敵な外来が待っている。
3. この葡萄は外来なので食べにくい。
4. 最近はハロウィンという外来の習慣が広まり始めた。

32 問い合わせる

1. この部品の取り扱いは鈴木さんに問い合わせてください。
2. 警察は事件の原因を問い合わせた。
3. 後輩がいつも目を問い合わせてくれない。

4. 彼とは飲み会で知り合って、それからずっと連絡を<u>問い合わせて</u>いる。

第11回

問題 1 ＿＿＿の言葉の読み方として最もよいものを、1・2・3・4から一つ選びなさい。

1 みんなが応援してくれたので、彼はますます強気になった。

1. きょうき　2. つよき
3. きょうけ　4. こうけ

2 彼は反対の態度を最後まで貫いた。

1. つぐないた　2. つかかいた
3. つなげいた　4. つらぬいた

3 情報を共有してください。

1. じょうほう　2. じょうほ
3. じょほう　4. じょほ

4 昨日行ったレストランには、昭和天皇が訪問された時の写真が飾られてあつた。

1. てんごう　2. てんご
3. てんのう　4. てんおう

5 ご飯に食物繊維（せんい）が多く含まれている。

1. しょくぶつ　2. しょくもの
3. しょくもつ　4. しょくぶの

問題 2 ＿＿＿の言葉を漢字で書くとき、最もよいものを 1・2・3・4 から一つ選びなさい。

6 あなた、そのネクタイは服とはつりあわないんじゃない。

1. 吊り遭わない　　2. 吊り会わない
3. 釣り示わない　　4. 釣り合わない

7 今日のひがわり定食は、鯖の味噌煮定食です。

1. 控替わり　　2. 日替わり
3. 非替わり　　4. 被替わり

8 彼はげんこうはんで逮捕されて手錠をかけられた。

1. 現公犯　　2. 現事犯
3. 現状犯　　4. 現行犯

9 観客は俳優たちの素晴らしいえんぎに感動した。

1. 演芸　　2. 演技
3. 公園　　4. 演劇

10 搭乗券をていじしてください。

1. 提携　　2. 提案
3. 提示　　4. 提出

問題 3 （　）に入れるのに最もよいものを、1・2・3・4 から一つ選びなさい。

11 昨日ずっとスケートをしていたから、今日は（　）痛がひどくて動きたくなかった。

1. 筋肉　　2. 骨筋
3. 肉体　　4. 全身

12 彼は謙虚で（　）正しい青年です。

1. 行儀　　2. 会釈
3. 礼儀　　4. 敬語

13 私達はよくお互いの家を（　）来していた。

1. 走り　　2. 行き
3. 歩き　　4. 飛び

14 （　）孝行だと思って、お母さんのために勉強しなさい。

1. 両親　　2. 親子
3. 子供　　4. 親

15 先月から（　）不明になった男子生徒が今日の午後頃、市民会館で無事発見された。

1. 旅先　　2. 居場所
3. 行き先　　4. 行方

問題4 （　）に入れるのに最もよいものを、1・2・3・4から一つ選びなさい。

16 私が開発したシステムに（　）があって事故を起こしてしまった。

1. 利点　　2. 錯誤
3. 欠点　　4. 欠陥

17 寝ている間にお腹まわりが冷えたのか、お腹の（　）が悪い。

1. 都合　　2. 調子
3. 状態　　4. 体調

18 学生の頃、退屈な授業の（　）に、いつも落書きをしていた。

1. 中　　2. 内
3. 最中　　4. 中間

19 レントゲン準備できるまで（　）で待ってください。

1. 待合室　　2. 事務室
3. 休憩室　　4. 部室

20 仕事のことを話したら、彼女の（　）が悪くなった。

1. 様子　　2. 雰囲気
3. 調子　　4. 機嫌

21 注意しても彼は言い訳ばかりで反省の色を見せる（　）がない。

1. 雰囲気　　2. 感覚
3. 気配　　4. 状況

22 期限が迫っているので、（　）この問題に対処してください。

1. 急送　　2. 至急
3. 特急　　4. 急速

問題5 ＿＿＿の言葉に意味が最も近いものを、1・2・3・4から一つ選びなさい。

23 習い事でもスポーツでも基礎が大事です。

1. 基準　　2. 規範
3. 基本　　4. 地盤

24 私はその希望が叶う日が来る事を願っている。

1. 道理　　2. 話し
3. 意義　　4. 望み

25 彼はいつも健康に注意している。

1. 神経　　2. 留意
3. 興味　　4. 趣味

26 少しでもチームに貢献したいと思う。

1. 役割りしたい　　2. 練習したい
3. お金を払いたい　　4. 役に立ちたい

27 両親には本当にいろいろ苦労をかけた。

1. 注意された　　2. 心配させた
3. 気になった　　4. 手を貸した

問題6 次の言葉の使い方として最もよいものを、1・2・3・4から一つ選びなさい。

28 手数

1. 手数でお金を数えている。
2. お手数をおかけして申し訳ありません。

3. 帰る前に全員手数を出してください。
4. 印鑑がないので手数で大丈夫ですか。

29 大した
1. 敷地が大した公園です。
2. 警察への通報が遅れたばかりに、大した事件に発展した。
3. その少年の勇気は大したものだ。
4. 駅前にある大した建物はなんですか。

30 片付ける
1. 彼が片付けたので車の中が汚い。
2. 社長はいつもみんなの意見に耳を片付けている。
3. 手を片付けて挨拶した。
4. その仕事は私なら2時間で片付けるほどやさしい。

31 手頃
1. 新商品の品質からすると手頃な値段だと思う。
2. 手頃に友達と連絡をとっている。
3. 質問がありましたら、遠慮なく手頃に声をかけてください。
4. あいにく手頃にお金がない。

32 追及する
1. この企業は経済的利益だけを追及している。
2. 私はその問題について厳しく追及された。

3. 彼女は美人で性格もいいから<u>追及して</u>いる人が多い。
4. 子犬は子供を<u>追及した</u>。

第12回

問題1 ＿＿＿の言葉の読み方として最もよいものを、1・2・3・4から一つ選びなさい。

1 彼女が私の言いたいことを<u>代弁</u>してくれた。

1. だいげん　　2. だいべん
3. とうべん　　4. ゆうべん

2 列車が<u>脱線</u>して死傷者を出した。

1. だっせん　　2. だつせん
3. らくせん　　4. たくせん

3 外国人の彼には通訳が<u>必要</u>です。

1. ひっよう　　2. しつよう
3. ひつよう　　4. しゅうよう

4 この<u>地域</u>では富士山がはっきり見える。

1. じいき　　2. ちいき
3. じいく　　4. ちいく

5 仕事上の<u>知人</u>はこのメールアドレスを知っている。

1. ちにん　　2. じじん
3. じにん　　4. ちじん

問題 2 ＿＿＿の言葉を漢字で書くとき、最もよいものを 1・2・3・4 から一つ選びなさい。

6 我が家は活気にあふれている。

1. 泳れて　2. 溺れて
3. 濡れて　4. 溢れて

7 太陽はゆっくりと地平線にしずんでいった。

1. 淀んで　2. 沈んで
3. 登んで　4. 朦んで

8 フライパンでご飯をたいてみた。

1. 煮いて　2. 蒸いて
3. 炊いて　4. 炒いて

9 彼女はヨガをして若さをたもっている。

1. 保って　2. 作って
3. 返って　4. 貫って

10 父一人の収入でこの家族の生計をいじしている。

1. 位置　2. 維持
3. 意地　4. 異字

問題 3 （　）に入れるのに最もよいものを、1・2・3・4 から一つ選びなさい。

11 性格と血液型には関連（　）がないことは証明されている。

1. 味　　2. 用
3. 面　　4. 性

12 運転免許を取得するため、（　）免許で路上練習しています。

1. 偽　　2. 仮
3. 新　　4. 無

13 業者は海外から（　）品を輸入して販売している。

1. 食物　　2. 食堂
3. 食材　　4. 食料

14 ここの名物は食事よりきれいな（　）娘です。

1. 看板　　2. 名前
3. 目印　　4. 名刺

15 ここの鍋は塩（　）は控えめで、豆乳の濃厚な味わいの中にショウガの香りが広がる。

1. 程度　　2. 多少
3. 加減　　4. 様子

問題4　（　）に入れるのに最もよいものを、1・2・3・4から一つ選びなさい。

16 この手紙は誰から届いたのか、（　）もつかない。

1. 見当　　2. 見方
3. 予定　　4. 外見

17 彼は被災地へ100万円を（　）した。

1. 配分　　2. 受付
3. 配達　　4. 寄付

18 彼は横浜まで（　）ともタクシーに乗った。

1. 行き先　　2. 往来
3. 往復　　4. 片道

19 田中くんは漫画に（　）で中居くんの話を聞いていなかったらしい。

1. 夢見　　2. 夢中
3. 集中　　4. 読書

20 正月のお休みを（　）して九州に旅行に行った。

1. 適用　　2. 用意
3. 利用　　4. 実用

21 背中の痛みをずっと（　）していたら悪化してしまった。

1. 我慢　　2. 自慢
3. 意地　　4. 注意

22 評価の高い（　）がチームを率いている。

1. 管理　　2. 監視
3. 裁判　　4. 監督

問題 5 ＿＿＿の言葉に意味が最も近いものを、1・2・3・4から一つ選びなさい。

23 彼は相変わらず子供っぽいだね。

1. 今まで　　2. 今にも
3. 今でも　　4. 今から

24 タクシー運転手はおじぎをして私の荷物を受け取った。

1. ゆめみ　　2. こうかん
3. しんごう　　4. あいさつ

25 悪いのは向こうだからあなたの責任ではない。

1. 対象　　2. 相手
3. 人間　　4. 反対側

26 いいアイデアだね！これは絶対売れるよ。

1. 想像　　2. 感想
3. 思想　　4. 発想

27 当日はあいにく悪天候でライブは途中で中止された。

1. 運わるく　　2. 運よく
3. 調子よく　　4. 調子わるく

問題 6 次の言葉の使い方として最もよいものを、1・2・3・4から一つ選びなさい。

28 回復する

1. 画像を180度回復して印刷した。
2. 現在もつわりに苦しんでいるけれど、徐々に回復してきている。
3. 被害に会わないうちに、念のためパスワードを回復したほうがよさそうです。
4. 彼女の態度が回復してきた。

29 いわゆる

1. 長身で整った顔の彼はいわゆるイケメンだ。
2. 私の名前はどこにでもあるいわゆる名前です。
3. 通訳はいわゆる場面で求められる。
4. 営業成績伸ばすためにいわゆる手段を尽くした。

30 うけたまわる

1. 課長が部下の意見をうけたまわりました。
2. 先生から素敵なお土産をうけたまわりました。
3. 当店は宴会のご予約は営業時間外でも喜んでうけたまわります。
4. 彼の話が嘘のようにうけたまわって誰も信じなかった。

31 重たい

1. 逃走した人より逃走を手伝った人の方が罪が重たい。
2. 母が買ったスイカはとても大きいし重たい。
3. 自ら考え、判断して仕事をするということはとても重たいことです。

4. 看護師の仕事が、生命に関わることがあり、非常に責任が重たい仕事です。

32 下る（くだる）

1. 彼は手を振りながらステージから下った。
2. お金がないので銀行へ下ってくる。
3. 先生が試合を見に来て下った。
4. 坂をを下っていくと滝が見えます。

文法模擬試題
解答

第1回

問題 1

1.	4	2.	3	3.	2	4.	1	5.	4
6.	2	7.	3	8.	2	9.	1	10.	4
11.	2	12.	4						

① とか（言う）：（說是）什麼的。

② 動－た形+すえに：～的結果

③ 動－た形+あげく：結果

④ しかあるまい：只好、只能

⑤ まいりました：「来ました」的謙讓語

⑥ むしろ：倒不如說

⑦ 知っている：表示知道的狀態

⑧ 聞くともなく聞いている：不經意聽著

⑨ 考えすぎずに：不作多想

⑩ あるわけないじゃない：不可能沒有

⑪ でしかないこと：只不過是

⑫ と言ってもいい：可以說是

問題 2

13. 1	14. 1	15. 3	16. 4	17. 2

⑬ プロ選手である以上、日頃のトレーニングや自己管理は当たり前のことなのだ。

⑭ 政府は、今年は経済がよくなると予測していた。しかし、その予測に反して、12月になった今もあいかわらずよくなっていない。

⑮ 娘はおっちょこちょいでよく忘れ物をする。出かけたかと思うとすぐ忘れ物を取りに帰ってくる。

⑯ あしたからはアメリカへ出張するので、今日の仕事をやりかけのまま帰るわけにはいかない。

⑰ この件に関しては、わたしがお客様のご意見をうかがったうえで、来週ご報告いたします。

問題 3

18. 2	19. 4	20. 3	21. 1	22. 4

第2回

問題1

1.	4	2.	2	3.	1	4.	4	5.	3
6.	2	7.	3	8.	1	9.	3	10.	4
11.	2	12.	1						

① ばかりか：不只…還

② きっかけにして：以～為契機

③ こめて：蘊含、包含

④ にさきだち：在…之前

⑤ に反して：相反

⑥ 我慢ならない：無法忍受

⑦ ざるをえない：不得不

⑧ くらい：表示程度

⑨ ほかならない：正是、只是

⑩ きり（だ）：一直

⑪ がたい：難以

⑫ おそれがある：有～的可能

問題 2

13.	2	14.	1	15.	3	16.	1	17.	1

⑬ 今朝会議があるから、今日中に仕事を全部はやりきれない。

⑭ 今は世の中が不景気だから何もしなければ業績が落ちるに決まっている。

⑮ この日本語記事は海外の記事を元に訳したものだと思われる。

⑯ これは子供だけではなく大人も楽しめるアニメです。

⑰ 彼は自分が欲しいと思った美術品はどんな手段を使ってでも手に入れないと気が済まないらしい。

問題 3

18.	2	19.	4	20.	3	21.	1	22.	2

第3回

問題1

1.	2	2.	4	3.	2	4.	1	5.	3
6.	4	7.	2	8.	1	9.	3	10.	2
11.	4	12.	1						

(1) 食べていては：一直吃的話

(2) 召し上がりました：「食べました」的尊敬語

(3) ないことには：不～就不～

(4) かぎって：就屬～、只限～

(5) すえ：結果

(6) ところをみると：從～看來

(7) 次第だ：視～而定

(8) ようなら：如果

(9) に例える：比喻

(10) 向けて：以～為目標

(11) はじめて：初次、開始

(12) せいか：也許是因為

問題 2

13. 2	14. 1	15. 4	16. 3	17. 4

⑬ 彼は日本に行くたびに母校を訪れる。

⑭ 彼女は弁護士として成功するだろうと思う。

⑮ 成長に伴って人の目標は変わるかもしれない。

⑯ マイケル・ジャクソンの歌はアメリカ人に限らず、世界中の人々から愛された。

⑰ 彼は両親の期待にこたえて、名門大学に合格した。

問題 3

18. 1	19. 4	20. 2	21. 3	22. 4

第4回

問題 1

1.	4	2.	1	3.	3	4.	1	5.	4
6.	3	7.	1	8.	3	9.	2	10.	4
11.	1	12.	1						

① だけあって：真不愧是
② を中心に：以～為中心
③ あげく：結果
④ に比べて：和～相比
⑤ に対して：對於
⑥ でなければ：不是～的話，就～
⑦ ばかりに：只因為
⑧ につけても：每當
⑨ ことはない：不會
⑩ ことだから：因為是
⑪ というもの：也就是
⑫ に決まって：絕對

問題 2

13. 1	14. 4	15. 2	16. 3	17. 4

⑬ 最近は仕事が忙しくてゴルフどころじゃない。

⑭ 子供がテレビばかり見ていると「勉強しなさい」と言わずにはいられない。

⑮ お金持ちの彼は金が返せないわけがない。

⑯ パーティーが始まったところ、ちょうど山田さんが入ってきた。

⑰ 税務調査というのは、課税当局と納税者の間の法律関係であり、税法などをもとに行われる調査です。

問題 3

18. 4	19. 2	20. 4	21. 3	22. 1

第5回

問題 1

1.	4	2.	2	3.	3	4.	4	5.	2
6.	3	7.	2	8.	2	9.	4	10.	2
11.	1	12.	3						

(1) ものがある：感覺到

(2) に違いない：絕對是

(3) に代わって：代替

(4) ～てたまらない：非常～、～得不得了

(5) だけのことはある：真不愧是

(6) といえば：提到

(7) ないといけない：不～不行

(8) につれて：隨著

(9) 動－た形+時：表示到達時已發生

(10) を通して：經由

(11) ようもない：沒辦法

(12) によると：根據

問題 2

13. 1	14. 3	15. 2	16. 3	17. 1

⑬ 今日はご協力ありがとうございます。また次回の大会でお目にかかるのを楽しみにしています。

⑭ 新横浜に行くには、品川駅で新幹線に乗り換えたほうが早いですよ。

⑮ これはベストセラー小説に基づき映画化された作品なんです。

⑯ 復興への祈りを込めてこのアルバムを作った。

⑰ 私の知っている限りでは,兄は何も罪を犯していなかった。

問題 3

18. 2	19. 4	20. 1	21. 3	22. 2

第6回

問題1

1.	4	2.	2	3.	1	4.	3	5.	1
6.	3	7.	2	8.	4	9.	3	10.	2
11.	4	12.	2						

① によって：根據

② をはじめ：以～為首

③ を中心に：以～為中心

④ にしたがって：依照

⑤ を問わず：無論

⑥ にとって：對～來說

⑦ ものだから：因為

⑧ ないように：不要～

⑨ 今のうちに：趁現在

⑩ たびに：每當

⑪ ことはない：沒必要

⑫ ～て以来：～之後

問題 2

13. 1	14. 2	15. 3	16. 4	17. 4

⑬ 私はどちらかといえば魚よりとりにくのほうが好きです。

⑭ 弟の部屋の汚いことといったら、ひどいものです。

⑮ 今朝、急に空が暗くなったかと思うと、激しい雨が降ってきた。

⑯ 来週は出張やら会議やらで忙しくなりそうだ。

⑰ お風呂に入ろうとするところに、宅配便が届いた。

問題 3

18. 1	19. 3	20. 2	21. 4	22. 3

第7回

問題1

1.	3	2.	2	3.	3	4.	1	5.	3
6.	2	7.	3	8.	2	9.	2	10.	4
11.	3	12.	2						

1. について：關於
2. に対して：對於
3. 動－ます形+きる：完全
4. ところへ：正當
5. どおりに：遵照
6. だけに：正因為
7. おそれがある：有～的可能
8. しかない：只能
9. における：在～中
10. わりに：出乎意料
11. かわりに：相對的
12. うえに：不但～還

問題 2

13. 1	14. 2	15. 3	16. 1	17. 4

⑬ インターネットのおかげで世界中のニュースをただで読める。

⑭ 採用のお知らせが来て、飛び上がりたくなるくらい嬉しかった。

⑮ 風呂に入ったあと、浴室から出たとたんに目の前が真っ暗になって転倒してしまった。

⑯ 留学先から帰ってきて以来、兄はまるで人が変わったようになった。

⑰ わたしは大福のような甘いものは好きじゃありません。

問題 3

18. 2	19. 4	20. 3	21. 1	22. 2

第8回

問題1

1.	2	2.	3	3.	1	4.	4	5.	2
6.	3	7.	1	8.	2	9.	2	10.	4
11.	3	12.	2						

① 最中に：正在

② ばかりに：只因為

③ せいか：也許是因為

④ ほど：表示程度

⑤ ように：表希望

⑥ 動－辭書形+一方だ：一直～、不斷～

⑦ かわりに：代替

⑧ だけあって：真不愧是

⑨ おかげで：多虧了有～、託～的福

⑩ うえに：不只～還

⑪ くらい：表示程度

⑫ 動－た形+とたん：一～就

問題 2

13. 2	14. 1	15. 3	16. 2	17. 1

⑬ 小さい頃はよく学校の先生にえんぴつや消しゴムをもらったものでした。

⑭ 私立大学の学費が高いので、たくさんの学生がアルバイトをしているわけです。

⑮ 何か新しいことを始めるのは年齢を重ねるほど難しくなっていくと思う。

⑯ 銀行へ行くついでに、コンビニに寄ってたばこを買ってきてくれませんか。

⑰ 昨日公園へサッカーをしに行ったところ、雨に降られて大変っ困った。

問題 3

18. 4	19. 2	20. 3	21. 1	22. 4

第9回

問題1

1.	4	2.	4	3.	2	4.	4	5.	3
6.	2	7.	4	8.	3	9.	1	10.	1
11.	3	12.	2						

1. 動－ます形+次第：馬上、立刻
2. ほど：表示程度
3. ばかりに：只因為
4. せい：因為
5. 最中：正在
6. ことになっている：規定、約定
7. にわたって：橫跨（空間或時間）、經過
8. 動－辞書形+まい：不會；絕不
9. わけがない：不可能
10. っぽい：像、有～的感覺
11. にかけても：在～方面也
12. たとえ～ても：即使～也

問題 2

13. 4	14. 1	15. 2	16. 3	17. 1

⑬ あなたは全然勉強していないんだから、今年の大学受験に失敗するにきまっているよ。

⑭ 宮古島の海の美しさといったら、口で言い表せないほどでした。

⑮ この島は四方を海に囲まれていることから魚介類が豊富で、昔から「宝の島」と呼ばれてきた。

⑯ 彼女は歌手として活躍する一方で、親善大使として貧しい子どもたちのために世界中を回っている。

⑰ その映画は実際に起きた事件に基づいて作られており、その内容が衝撃的だったので、上映中に退場する観客も少なくなかったそうだ。

問題 3

18. 3	19. 1	20. 4	21. 2	22. 3

第10回

問題1

1.	4	2.	2	3.	3	4.	4	5.	1
6.	3	7.	2	8.	3	9.	4	10.	1
11.	2	12.	4						

① ということだ：據說

② さえ：只要有

③ もなければ～もない：不～也不～

④ ～やら～やら：～和～等等

⑤ ないわけにはいかない：不能不

⑥ げ：～的樣子

⑦ まみれ：滿是

⑧ からこそ：正是因為

⑨ お目にかかった：会った的謙讓語

⑩ がたい：難以

⑪ 割には：沒想到

⑫ だけあって：正因為

問題 2

13. 2	14. 3	15. 4	16. 1	17. 2

(13) 陸上の短距離は痩せているほど有利だと言われる。

(14) さんざん苦労した末に、新しい競技場はついに完成した。

(15) 私が「行かない」と言ったか言わないかのうちに、その電話は音を立てて切れた。

(16) この商品は、高齢者に向けて使いやすいスマートフォンと宣伝されている。

(17) 今、まさに商店街の存在が失われつつあります。昼間でも目立つほど人気がなく閑散としています。

問題 3

18. 4	19. 2	20. 3	21. 1	22. 4

第11回

問題 1

1.	3	2.	2	3.	3	4.	1	5.	4
6.	2	7.	4	8.	1	9.	3	10.	3
11.	2	12.	4						

① かねない：有可能

② からいって：從～來看

③ ほど：表示程度

④ といえば：提到~

⑤ くせに：明明

⑥ ないことには：不～就不～

⑦ たところ：結果

⑧ てならない：不禁、非常

⑨ につけて：每當

⑩ もの：表示感嘆

⑪ からには：既然

⑫ にあたって：在～之際

問題 2

13. 3	14. 1	15. 1	16. 3	17. 4

⑬ 課長が自分の非を認めないことに腹が立ってたまらない。

⑭ それなりの時間きちんと寝ているはずなのに、日中に眠気を感じた。

⑮ 小学校の頃、自転車に乗っていたところ、トラックのあおり風を受けて崖から転落した。

⑯ 彼女とは職場が同じで子供も同じ学校に通っていることから親しくなった。

⑰ 姉が運転できないくせに助手席からの文句が多くてうるさい。

問題 3

18. 3	19. 1	20. 4	21. 2	22. 4

第12回

問題1

1.	2	2.	4	3.	3	4.	1	5.	2
6.	3	7.	4	8.	4	9.	2	10.	3
11.	1	12.	3						

① くせに：明明
② つつある：逐漸
③ たまらない：非常
④ ければ～ほど：越～越～
⑤ っけ：呢？
⑥ 向けに：以～為對象
⑦ といえば：提到
⑧ 残念ながら：可惜
⑨ をきっかけに：以～為契機
⑩ からといって：即使
⑪ ついでに：順道
⑫ をめぐって：繞著、以～為中心

問題 2

13. 2	14. 1	15. 3	16. 3	17. 4

⑬ 今朝コーヒーを飲んだきりで、その後何も食べていない。

⑭ 現在も 25 億人が十分な水なしで暮らしている一方で、先進国では、1 人あたり毎日 4000 リットルもの水を消費している。

⑮ 彼は緊張のあまり手足が震え、ギターの弦を弾けなくなった。

⑯ 父は医者に止められるのも構わず、毎日たばこを吸っている。

⑰ 昨日、あの有名店に行ってきた。味はもちろんのこと、器も盛りつけも工夫が施されていて素敵だった。

問題 3

18. 2	19. 4	20. 3	21. 1	22. 3

第13回

問題1

1.	3	2.	4	3.	2	4.	2	5.	1
6.	4	7.	2	8.	4	9.	2	10.	3
11.	4	12.	3						

① ざるを得ない：不得不

② にほかならない：正是

③ どうしようもない：無可奈何

④ はともかく：姑且不論

⑤ ものか：絕不是

⑥ に限らず：不只是

⑦ ないことはない：不會不

⑧ っこない：不可能

⑨ というものだ：也就是說

⑩ ことか：感嘆

⑪ 次第：視～而定

⑫ ものがある：感覺到

問題 2

13. 3	14. 4	15. 2	16. 1	17. 4

⑬ 公式サイトにアドレスと電話番号がないんだから連絡しようがない。

⑭ それぐらいのことは知ってるよ。だってネットで見たもん。

⑮ 日本国民に限らず 世界中の国の国民のほとんどが環境問題に関心を持っている。

⑯ 私は彼の適当な発言に反論せずにいられなかった。

⑰ 私も新人でしたから、新入社員の皆さんの苦労がわからないこともありません。ですから、困ったことがあったら、いつでも相談してください。

問題 3

18. 4	19. 2	20. 3	21. 3	22. 1

第14回

問題1

1.	2	2.	3	3.	4	4.	1	5.	4
6.	3	7.	2	8.	4	9.	1	10.	3
11.	3	12.	4						

① もん：因為

② ずにはいられない：不由得

③ というものではない：未必

④ ものの：雖然

⑤ （よ）うじゃないか：一起來～吧

⑥ 得る：可能

⑦ 割には：沒想到

⑧ 反面：相反的

⑨ ことだ：應該要

⑩ 申しかねます：難以啓齒

⑪ にも関わらず：即使

⑫ のみならず：不僅只

問題 2

13. 1	14. 4	15. 3	16. 3	17. 4

⑬ 社長不在の時に限って事故が起きてしまった。

⑭ 財政赤字を減らすには、単に、財政削減や増税を実施すればよいというものではない。多様な政策手段を機動的に使っていく必要もある。

⑮ 病気の苦しみは経験した人でなくては絶対に彼の気持ちをわかりっこない。

⑯ 来週の外国為替市場では、首脳会議の結論次第で金融市場が動揺するリスクがありそうだ。

⑰ 相手チームには負けたくない。だが完敗を認めざるを得ない。

問題 3

18. 1	19. 4	20. 2	21. 3	22. 4

第15回

問題1

1.	2	2.	4	3.	2	4.	1	5.	3
6.	2	7.	4	8.	1	9.	3	10.	2
11.	1	12.	4						

① ものなら：要是

② かねない：有可能

③ ぬきで：免除

④ ところか：別說是

⑤ にして：以～來說

⑥ ないことには：不～就不～

⑦ ながら：雖然

⑧ はともかく：姑且不論

⑨ にしても：即使

⑩ とすれば：如果

⑪ を目的として：以～為目標

⑫ ことなく：不曾、沒有

問題 2

13. 4	14. 2	15. 3	16. 4	17. 1

⑬ この美術館は建物の大きさのわりには展示は少ない。

⑭ できうる限りの仕事を尽くしたけど、結果が出なかった。

⑮ パンケーキを作るときは、ちゃんとかき混ぜないと失敗しかねないよ。

⑯ スマホを買うには買ったものの、、その機能に関しては 1 割も使えていないように思えます。

⑰ たばこをいつかやめたいと思っています。しかし、いつかやめるから今はいいかと、つい吸い続けてしまう。

問題 3

18. 3	19. 2	20. 3	21. 4	22. 1

第16回

問題 1

1.	2	2.	4	3.	3	4.	2	5.	4
6.	1	7.	3	8.	2	9.	3	10.	2
11.	1	12.	3						

1. 以上は：既然～就
2. としたら：如果
3. あげく：結果
4. を契機に：以～契機
5. といっても：就算是
6. つつ：一邊
7. てからでないと：不先～就不能
8. 名－の+際は：在～的時候
9. にしても：即使
10. はもちろん：不用說、當然
11. につけ～につけ：～也好～也好
12. のもとに：在～之下

問題 2

13. 3	14. 4	15. 3	16. 3	17. 1

⑬ インターネットは便利である反面、セキュリティに関するリスクが伴います。

⑭ このアプリは日本のみならず世界中の番組が見れる。

⑮ 性格の話は抜きにしても、血液型には面白い科学的なネタがいっぱい詰まっています。

⑯ 近所の大学生がペット禁止にも関わらずこっそり猫を飼っています。

⑰ 11 月にしては珍しい大雪が降り、近くで撮影しました。

問題 3

18. 2	19. 3	20. 2	21. 4	22. 1

第17回

問題 1

1.	2	2.	4	3.	1	4.	4	5.	2
6.	3	7.	1	8.	4	9.	2	10.	4
11.	1	12.	3						

① 上は：既然

② にせよ～にせよ：～也好～也好

③ にかけては：在～方面

④ 數量詞＋につき：每～

⑤ に先立ち：在～之前

⑥ をきっかけに：以～為契機

⑦ からすると：根據～判斷

⑧ とか：聽說

⑨ わけではない：並非

⑩ どころじゃない：哪可以

⑪ からして：從～看來

⑫ からには：既然～就

問題 2

13. 2	14. 1	15. 3	16. 3	17. 4

⑬ 人間にとって、子供にしろ、親にしろ、親情が大切なものだ。

⑭ 塩辛いもの食べ過ぎると体によくないと知りながらついつい食べてしまいます。

⑮ 色々なことをやってみないことには、自分が何に向いているか、何が得意かということはわからないと思います。

⑯ 新築の一戸建てを買いたいとしたら、どこの不動産屋に問合せしておけばいいですか。

⑰ 実家に帰ると休むところか、かなり家事に追われました。

問題 3

18. 2	19. 4	20. 3	21. 1	22. 3

第18回

問題1

1.	2	2.	4	3.	1	4.	3	5.	4
6.	3	7.	2	8.	1	9.	3	10.	4
11.	2	12.	3						

① にあたり：在～之際

② わけ：自然就

③ だけに：正因為

④ ことだから：因為是

⑤ べき：必須要

⑥ に相違ない：一定是

⑦ に過ぎない：不過是

⑧ 向け：以～為對象

⑨ まい：不～

⑩ よりほかない：只能

⑪ もの：感嘆

⑫ に沿って：依照

問題 2

13. 3	14. 1	15. 2	16. 4	17. 3

⑬ 田中選手はベテランと言ってもまだ 30 歳です。

⑭ この映画を見るのでしたら、原作を読んでからでないとおそらくさっぱり分からないと思います。

⑮ 根拠はないと思いつつ占いを信じてしまう。

⑯ 会社を設立する際に必要な書類を教えて下さい。

⑰ 彼女は 2 人の子供の行事やイベントに欠かすことなく参加しながら働いています。

問題 3

18. 4	19. 2	20. 3	21. 2	22. 1

第19回

問題1

1.	4	2.	3	3.	2	4.	1	5.	4
6.	2	7.	1	8.	3	9.	4	10.	2
11.	3	12.	2						

① に違いない：一定是
② ほど：越～
③ てはたまらない：受不了
④ というより：倒不如說
⑤ ついでに：順道
⑥ といったら：提到
⑦ つつある：逐漸
⑧ というと：提到～就～
⑨ かのように：好像～一樣
⑩ から見ると：從～看來
⑪ くせに：明明
⑫ 動－た形+きり～ない：只～再也沒～

問題 2

13. 3	14. 2	15. 2	16. 1	17. 4

⑬ お客様との談笑の中で交わした口約束であっても、約束した以上は絶対に守ることを、自ら徹底してきました。

⑭ さんざん迷ったあげく、奮発して一番高級な炊飯器を買ってしまいました。

⑮ 彼女は結婚をきっかけとして仕事を辞めた。

⑯ この伝えの真偽はともかくとして、多くの人がこの景色を見ると心が癒されると言うことは事実であると思います。

⑰ わからないことばかりで先輩方の指導のもとで仕事を行っています。

問題 3

18. 2	19. 1	20. 3	21. 3	22. 4

第20回

問題1

1.	1	2.	2	3.	4	4.	1	5.	3
6.	2	7.	4	8.	3	9.	1	10.	4
11.	2	12.	3						

(1) に際して：當～之際

(2) ほど：越～

(3) たまらない：非常

(4) からといって：即使

(5) ないことには：不～就不～

(6) 上：～方面

(7) からいって：從～來看

(8) たところ：結果

(9) 末に：結果

(10) ことから：從～而來

(11) をめぐって：繞著、以～為中心

(12) できるかぎり：竭盡所能

問題 2

13.	1	14.	2	15.	4	16.	2	17.	1

⑬ 被災地の惨状を見るにつけ聞くにつけ、津波の恐ろしさを痛感せずにはいられない。

⑭ いつもご愛読いただきましてありがとうございます。海外出張につきブログはお休みします。

⑮ 外国人観光客にすればこの町は目玉の乏しい地味な所のようです。

⑯ 来週のオープンに先立って一足早く店内をご紹介させていただきます。

⑰ アプリを開発するにあたって、欲しい機能やユーザーに求められそうな機能を箇条書きにしておきました。

問題 3

18.	2	19.	4	20.	3	21.	2	22.	1

第21回

問題1

1.	2	2.	4	3.	2	4.	1	5.	4
6.	2	7.	3	8.	1	9.	3	10.	4
11.	4	12.	2						

① に決まっている：絕對

② かぎり：~的範圍

③ さえ：連~也

④ 上で：之後

⑤ 心を込めて：衷心、誠心

⑥ [動詞、い形]名詞修飾型+一方：一方面

⑦ かまわず：不管

⑧ あまり：非常~、太過~

⑨ か~ないかのうちに：一~就~

⑩ に反して：相反

⑪ かと思ったら：剛~就~

⑫ とか：聽說

問題 2

13. 4	14. 1	15. 2	16. 3	17. 3

⑬ このアニメはさすが人気原作漫画だけあって、ストーリーが面白い。

⑭ 試合に出るからには自分の納得できるような演技を目指してやっていきたい。

⑮ 頂上付近はかなりの霧で、景色を楽しむところではなかった。

⑯ 次の会議は来週の水曜日じゃなかったっけ。

⑰ イギリス英語は嫌いなわけではないけど、私にとっては聞きづらく難しく感じるだけです。

問題 3

18. 1	19. 3	20. 2	21. 4	22. 3

第22回

問題1

1.	4	2.	1	3.	3	4.	2	5.	3
6.	4	7.	2	8.	1	9.	3	10.	2
11.	4	12.	1						

① はもちろん：不用說、當然

② にこたえて：回應

③ ばかりか：不只…還

④ に加えて：除了～還

⑤ にわたり：橫跨（空間或時間）

⑥ など：之類的

⑦ に沿って：依照

⑧ に関して：關於

⑨ 気味：有點

⑩ きれない：～不盡

⑪ かけ：在～途中

⑫ がち：容易

問題 2

13.	3	14.	3	15.	4	16.	1	17.	4

⑬ このソフトを導入すればテキスト入力が速くなるに違いない。

⑭ コミュニケーションは手段であり、言葉は道具にすぎない。肝心なのはその中身なのだ。

⑮ 部下の飲み会に行きたいけど、私が行けばじゃまになるにきまっているので、行かないことにします。

⑯ 徹夜して疲れているから、眠くてならない。

⑰ 世界遺産に行って、まるでタイムスリップしたかのような景色が最高です。

問題 3

18.	2	19.	4	20.	3	21.	1	22.	4

第23回

問題1

1.	2	2.	3	3.	2	4.	4	5.	3
6.	1	7.	4	8.	3	9.	2	10.	3
11.	4	12.	2						

1. に対して：對於
2. をめぐって：繞著、以～為中心
3. やりぬく：完成
4. がたい：難以
5. を通して：經由
6. からこそ：正是因為
7. だらけ：滿是
8. げ：～的樣子
9. 次第だ：視～而定
10. もなければ～もない：沒～也沒～
11. にかけて：橫跨一段時間
12. しないわけにはいかない：不～不行

問題 2

13. 1	14. 3	15. 1	16. 4	17. 2

⑬ 幼稚園から高校までずっと一緒の友達は友達というより家族みたいな 大切な存在です。

⑭ 彼女の美しさといったら、この世のものとは思えません。

⑮ 週末出張のついでに実家へ帰省した。

⑯ フィンランドについてちょっと調べてみたところ、色んな情報が出てきてなかなか面白かった。

⑰ 驚いたことに、彼が犯人だということが判明した。

問題 3

18. 3	19. 2	20. 3	21. 2	22. 1

第24回

問題1

1.	2	2.	4	3.	4	4.	1	5.	3
6.	2	7.	4	8.	3	9.	2	10.	4
11.	1	12.	3						

① わけがない：不可能

② ということだ：據說

③ くらい：表示程度

④ おそれがある：有～的可能

⑤ 動－た形+とたんに：一～就～

⑥ にかかわりなく：無關於

⑦ の際は：在～的時候

⑧ にとって：對～來說

⑨ ものの：雖然

⑩ かわりに：代替

⑪ における：在～中

⑫ ところへ：正當

問題 2

13. 1	14. 4	15. 3	16. 2	17. 1

⑬ 沖縄旅行といったら何といっても海です。

⑭ 東京オリンピックまでは国民の期待に応えて頑張るつもりだ。

⑮ うつ病は「精神疾患（せいしんしっかん）」というものゆえ、周囲はもちろんのこと本人でさえ気づかなかったりすることもあります。

⑯ 去年出来なかったので今年こそ優勝したい。

⑰ 果物は腐（くさ）りかけがうまいという話があります。

問題 3

18. 2	19. 4	20. 3	21. 2	22. 1

模擬試題解答

文字語彙模擬
試題解答

第1回

問題 1

1.	2	2.	4	3.	3	4.	1	5.	2

問題 2

6.	4	7.	1	8.	2	9.	3	10.	4

問題 3

11.	3	12.	4	13.	2	14.	1	15.	4

問題 4

16.	3	17.	2	18.	4	19.	3	20.	1
21.	2	22.	3						

問題 5

23.	2	24.	3	25.	2	26.	1	27.	4

問題 6

28.	2	29.	1	30.	4	31.	3	32.	3

第2回

問題 1

1.	2	2.	4	3.	1	4.	2	5.	4

問題 2

6.	3	7.	2	8.	4	9.	1	10.	2

問題 3

11.	4	12.	4	13.	2	14.	3	15.	1

問題 4

16.	2	17.	4	18.	3	19.	1	20.	2
21.	4	22.	3						

問題 5

23.	3	24.	2	25.	4	26.	1	27.	3

問題 6

28.	2	29.	1	30.	4	31.	3	32.	1

第3回

問題 1

1.	4	2.	3	3.	1	4.	4	5.	2

問題 2

6.	2	7.	2	8.	1	9.	3	10.	4

問題 3

11.	4	12.	2	13.	2	14.	1	15.	3

問題 4

16.	4	17.	2	18.	1	19.	2	20.	4
21.	3	22.	1						

問題 5

23.	2	24.	3	25.	4	26.	2	27.	1

問題 6

28.	3	29.	2	30.	1	31.	3	32.	2

第4回

問題 1

1.	1	2.	2	3.	4	4.	1	5.	3

問題 2

6.	1	7.	1	8.	3	9.	2	10.	4

問題 3

11.	3	12.	2	13.	1	14.	4	15.	3

問題 4

16.	4	17.	1	18.	4	19.	2	20.	3
21.	1	22.	4						

問題 5

23.	3	24.	4	25.	2	26.	1	27.	2

問題 6

28.	1	29.	3	30.	2	31.	4	32.	3

第5回

問題 1

1.	3	2.	4	3.	2	4.	1	5.	4

問題 2

6.	2	7.	4	8.	1	9.	3	10.	2

問題 3

11.	1	12.	3	13.	2	14.	4	15.	3

問題 4

16.	4	17.	2	18.	1	19.	3	20.	2
21.	4	22.	3						

問題 5

23.	3	24.	2	25.	4	26.	1	27.	4

問題 6

28.	3	29.	2	30.	4	31.	2	32.	1

第6回

問題 1

1.	2	2.	2	3.	3	4.	2	5.	1

問題 2

6.	2	7.	4	8.	1	9.	2	10.	1

問題 3

11.	3	12.	4	13.	2	14.	1	15.	3

問題 4

16.	2	17.	3	18.	2	19.	4	20.	1
21.	2	22.	4						

問題 5

23.	3	24.	2	25.	4	26.	1	27.	4

問題 6

28.	1	29.	1	30.	4	31.	3	32.	1

第7回

問題 1

1.	1	2.	3	3.	2	4.	2	5.	1

問題 2

6.	1	7.	2	8.	4	9.	3	10.	2

問題 3

11.	3	12.	4	13.	2	14.	1	15.	3

問題 4

16.	2	17.	1	18.	4	19.	3	20.	2
21.	1	22.	4						

問題 5

23.	3	24.	2	25.	4	26.	1	27.	2

問題 6

28.	4	29.	1	30.	2	31.	3	32.	3

第8回

問題 1

1.	3	2.	2	3.	1	4.	4	5.	2

問題 2

6.	2	7.	1	8.	4	9.	2	10.	3

問題 3

11.	2	12.	4	13.	2	14.	1	15.	4

問題 4

16.	3	17.	1	18.	4	19.	2	20.	3
21.	4	22.	1						

問題 5

23.	4	24.	4	25.	1	26.	2	27.	3

問題 6

28.	3	29.	3	30.	4	31.	2	32.	1

第9回

問題 1

1.	2	2.	4	3.	3	4.	1	5.	4

問題 2

6.	3	7.	2	8.	4	9.	1	10.	1

問題 3

11.	3	12.	1	13.	4	14.	2	15.	3

問題 4

16.	2	17.	3	18.	4	19.	2	20.	1
21.	4	22.	2						

問題 5

23.	4	24.	2	25.	1	26.	3	27.	2

問題 6

28.	2	29.	3	30.	1	31.	4	32.	3

第10回

問題1

1. 4	2. 1	3. 2	4. 2	5. 3

問題2

6. 3	7. 4	8. 2	9. 3	10. 1

問題3

11. 2	12. 1	13. 3	14. 4	15. 2

問題4

16. 4	17. 3	18. 1	19. 2	20. 4
21. 3	22. 2			

問題5

23. 1	24. 4	25. 2	26. 2	27. 4

問題6

28. 3	29. 3	30. 2	31. 4	32. 1

第11回

問題1

1.	2	2.	4	3.	1	4.	3	5.	3

問題2

6.	4	7.	2	8.	4	9.	2	10.	3

問題3

11.	1	12.	3	13.	2	14.	4	15.	4

問題4

16.	4	17.	2	18.	3	19.	1	20.	4
21.	3	22.	2						

問題5

23.	3	24.	4	25.	2	26.	4	27.	2

問題6

28.	2	29.	3	30.	4	31.	1	32.	2

第12回

問題 1

1.	2	2.	1	3.	3	4.	2	5.	4

問題 2

6.	4	7.	2	8.	3	9.	1	10.	2

問題 3

11.	4	12.	2	13.	4	14.	1	15.	3

問題 4

16.	1	17.	4	18.	3	19.	2	20.	3
21.	1	22.	4						

問題 5

23.	3	24.	4	25.	2	26.	4	27.	1

問題 6

28.	2	29.	1	30.	3	31.	2	32.	4

JAPAN 最道地生活日語

日語表達一次到位

網羅最常用的日語短句

從實用問句入門，依不同情境精確回答

從生活大小事到旅遊、商務

無論何時何地日語表達一書上手

日本人最常用的慣用語

精選日本人生活中最常用的慣用語、諺語及成語

配合說明及實用例句，輕鬆記憶各種用法

讓您的日文說得更道地、對話內容更生動活潑

背包客基本要會的日語便利句

自助背包客專屬！旅遊日語大全集！

不會半句日語的你還在擔心甚麼？！

本書帶著走，旅遊好方便！

國家圖書館出版品預行編目資料

史上最強日檢N2文法+單字精選模擬試題 / 雅典日文所編著
-- 初版. -- 新北市 : 雅典文化, 民104.09
面 ; 公分. -- (日語高手 ; 09)
ISBN 978-986-5753-30-6(平裝)

日語高手系列 09

史上最強日檢N2文法+單字精選模擬試題

編著／雅典日研所
責編／許惠萍
美術編輯／王國卿
封面設計／姚恩涵

法律顧問：方圓法律事務所／涂成樞律師

總經銷：永續圖書有限公司
永續圖書線上購物網
www.foreverbooks.com.tw

CVS代理／美璟文化有限公司
TEL：(02) 2723-9968
FAX：(02) 2723-9668

出版日／2015年09月

出版社
22103 新北市汐止區大同路三段194號9樓之1
TEL (02) 8647-3663
FAX (02) 8647-3660

史上最強日檢N2文法+單字精選模擬試題

雅致風靡　典藏文化

親愛的顧客您好，感謝您購買這本書。即日起，填寫讀者回函卡寄回至本公司，我們每月將抽出一百名回函讀者，寄出精美禮物並享有生日當月購書優惠！想知道更多更即時的消息，歡迎加入"永續圖書粉絲團"

您也可以選擇傳真、掃描或用本公司準備的免郵回函寄回，謝謝。

傳真電話：（02）8647-3660　　電子信箱：yungjiuh@ms45.hinet.net

姓名：　　　　　　　　性別：　□男　□女

出生日期：　年　月　日　　電話：

學歷：　　　　　　　　職業：

E-mail：

地址：□□□

從何處購買此書：　　　　　　購買金額：　　元

購買本書動機：□封面 □書名 □排版 □內容 □作者 □偶然衝動

你對本書的意見：

內容：□滿意□尚可□待改進　　編輯：□滿意□尚可□待改進

封面：□滿意□尚可□待改進　　定價：□滿意□尚可□待改進

其他建議：

總經銷：永續圖書有限公司

永續圖書線上購物網

www.foreverbooks.com.tw

您可以使用以下方式將回函寄回。

您的回覆，是我們進步的最大動力，謝謝。

① 使用本公司準備的免郵回函寄回。

② 傳真電話：（02）8647-3660

③ 掃描圖檔寄到電子信箱：

yungjiuh@ms45.hinet.net

沿此線對折後寄回，謝謝。

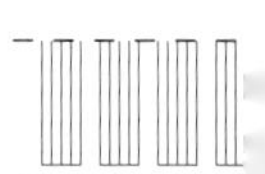

廣　告　回　信
基隆郵局登記證
基隆廣字第056號

221-03

雅典文化事業有限公司　收

新北市汐止區大同路三段194號9樓之1

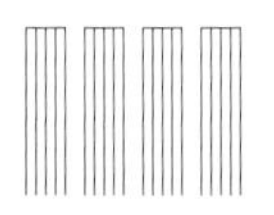